不期而然
Out of the blue

党方 著
Fang Dang

墨子出版社
Mozi Press

ISBN：979-8-9857472-5-6

Editor：Jing He
Translation：Jiuguang Wang
Publishing Coordinator：Jiuguang Wang
Printed by Mozi Press & IngramSpark in the United States.

First printing edition 2024.

Mozi Press
750 Forest Ave #202 Birmingham，MI，48009

ISBN：979-8-9857472-5-6

责任编辑：贺静
英文翻译：王久光
出版责任人：王久光
美国墨子出版社与英格拉姆火花出版

2024 年第一版印刷 墨子出版社

750 Forest Ave #202 Birmingham，MI，48009
美国 密西根州 伯明翰市

内容提要

本书讲述了辜予、辜雯姐妹二人的中学时代，遭遇了中华大地那场邪恶残酷的文化大革命。她们从小积蓄的善良、宽容、仁爱的天性，化作了一种柔韧的力量，自自然然地保护了自己，有形或无形地影响了命运的舵盘，使生命之舟得以驶过疾风暴雨的寒夜而没有倾覆在那个疯狂恐怖的年代。

Synopsis

This book tells the story of two sisters Gu Yu and Gu Wen, who are involved in the cruel and turbulent cataclysm，Cultural Revolution，at middle school age. The kindness，tolerance and benevolence embedded in their instinct became a resilient force that protected them naturally. The force steered the ship of life subtly through the cold nights of raging storm，so that it was not capsizes in the periods of hardship and horror.

自 序

  我这一辈子走来，似乎没有哪条路是自己主动选择的。被指示、被分配、被推荐、被选择……被时代的大潮冲击着、裹挟着，一直就这样走到了生命的尾声。想一想，这也难怪，我这辈子不期而遇了一个暴风骤雨的年代。这个年代是风云突变的年代是翻云覆雨的年代。那些惊恐伤痛的时刻，那些不期而然的日子，不愿再提起，不想再回味。

  然而那段历史模糊不清了，渐渐地变了模样。偶尔与孩子们谈起往日的人和事，他们会笑着说："这怎么可能呢？"他们已经不相信那是真实存在的过往。

  难道真的会有历史的空白吗？

  过去—现在—未来，历史在脚下，在心中，在手上。

  历史不会在我们这一代留下空白，就像时间的长河不会断流一样。

  风，从过去吹来，掠过现在，驰向未来，它撼动生命之树，声声入耳，叶叶飘零。

  我们片片拾起，绿的、黄的、脆的、湿的、半片的……小心夹入卷宗，订成史册。

　　这些往事，只是片段，不足为道。但是，我要寻找我们的足迹，回看它记下它，以此作为一份特殊的礼物留给我亲爱的孩子们。

党方

2022.8 于北京

目录

覆巢之下

在北京圆明园遗址上有一所中学，相伴着凄美的残垣断壁，掩映在古老苍劲的绿树之中。这所中学是战争时期的晋察冀地区干部子弟学校搬迁进京的。自从它落成在这座遗址公园内，便有了不少似真非真的传说。说是站在学校的门口却看不见校园里面有任何房屋；有说开家长会的时候，来的多是高级干部标准配置的"红旗"牌轿车，下来的人都戴着墨镜；也有说现在的校长就是某位革命先驱的夫人……由于它的光荣历史，由于它美丽的环境，也由于它巨高的录取分数线，成为多少考生的向往之地。

我小学毕业以满分考入这所学校，开心和自豪陪伴了我整整一个暑假，等不到开学便骑着自行车去逛校园了。走进学校的大门真就像走进了茂密的森林，看不见任何建筑，满眼的绿树和潮湿的空气扑面而来，一条弯弯曲曲的林荫小道优雅地伸向树林深处。沿着小路前行，包裹在参天古木之中的教学楼、宿舍、运动场……渐渐显现出来。校园的面积很大，因为是北京少数几所住宿制学校，所以楼宇也比一般学校多了。原以为在皇家园林中的学校，一定也会建得高端大气，然而这些建筑朴素无华，没有感觉丝毫的张扬。楼群的后面有一大片桃树林，时值八月，桃树上硕果累累。我看见旁边有几个学生模样的人在那里摆摊卖桃，那些桃子又大又漂亮，真是诱人，我满心好奇地走过去，那些同学自豪地对我说，这些全是学校师生自己种的，每年收成很好，卖桃的收入全部作为学校课外小组的活动经费。我问他们："学校有很多课外活动小组吗？"他们得知我是将要入学的小学妹，更加热情地介绍说："学校有无线电组、美术组、体操组……你只要有爱好，就一定能找到适合你的课外活动小组。"我兴奋地听着，充满好奇地期待着。

我喜欢这里幽静的学习环境，喜欢这里丰富多彩的课余生活。我心里暗自庆幸自己选择了这所学校。

然而，那时的我怎么也没有想到这所学校带给我多么可怕的经历。

新的学期开始，我住进了学生宿舍。第一次离开家，融入了集体生活。学校的文艺、体育团体和所有的课外小组纷纷摆设宣传点，招兵买马。我参观了航模组里各式各样精致灵巧的小飞机；生物小组里那么多叫不出名的奇特昆虫标本；我观看了舞蹈组的排练，优美典雅的芭蕾舞和婀娜多姿的民族舞交相辉映……他们的高超才艺令我钦佩又十分羡慕。这所学校像一片"沃土"，培养着丰富而茁壮的幼苗。我报名参加了校乐队小提琴组。可是体育老师看上我体能测试的成绩和1.66米的身高，极力动员我参加了田径队和排球队。

由于运动队是每天黎明开始训练，让我很快感到了压力和紧张。倒是学校运动队有个自己的食堂，比大食堂的食品花样多，这让我意外地惊喜。

一段时间后，我发觉这个学校的老师并不太注重学习成绩，强调的是德智体全面发展，更重视思想品德和艰苦朴素的教育。整个学校里的学生衣着素旧宽大，颜色几乎都是灰蓝两色，更没有什么样式可言。为了向学姐们学习，我回到家，收起了漂亮衣服，从爸爸的衣柜里找出一些旧衣裤甚至中式褂子，带去学校胡乱穿了，与大伙差不多，倒也乐得自在。

我的宿舍一共有四个人，来自北京不同的地区。大家相处非常快乐，经常为一些极不可笑的事情，笑得前仰后合，连自己都觉得莫名其妙。

阎悦是四个人中最娇小瘦弱的，她眉清目秀，皮肤白皙，脑后扎个马尾辫，走路的时候马尾辫不停地左右摇摆着，像个快乐的小鹿。学习最刻苦的也算阎悦，她比我们起得早睡得晚，每天清晨我们走进早自习的教室时，她已经在那里学习半个小时以上了。她总是挂在嘴边一句口头禅："笨鸟先飞。"

安琪是个文静的女孩，高高的个子，完美的身材。微翘的鼻子配上一双弯弯的眼睛，感觉特别可爱。她平时安安静静，喜欢趴在桌上画画，她的画作水平也不是一般人能比的。我们教室板报上的图画全是出自她的手笔。最神奇的是安琪能讲出许多抗日战争时期的真实故事，令我们听得入迷。她告诉我们，那个时候她爸爸是"西南联大"的大学生，当时援助我国抗日战争的美国空军"飞虎队"需要翻译，她爸爸毅然决然放弃学业奔赴缅甸，投入了抗日战争的前线服务。所以很多感人的故事都是他们的亲身经历，这让我们真心钦佩她爸爸和那些中美抗日英雄。

睡在我上铺的是董胜利，她个子不太高，方头方脸，皮肤也比较黑，一看就是身体很结实的人。她的床单、背包、球鞋，全是军绿色的，尤其那套退了色的军装穿在她身上更显得雄赳赳气昂昂。她是学校合唱团的主力，嗓音圆润洪亮，唱起歌特别好听，每当我练习小提琴时，她总喜欢跟着哼唱，有时我干脆不练琴就只为她伴奏，没想到从未排练过的歌曲居然配合得天衣无缝，赢得赞扬声一片。

在宿舍我喜欢自己动手做些小东西，比如：做一个二极管收音机放在宿舍里大伙都爱听。天气热的时候我自己制造汽水，买来小苏打、柠檬酸、橘子香精等材料，根据配比加入瓶中与水混合，生成二氧化碳时气泡翻腾，压力猛增，每当这时都是董胜利自告奋勇帮我压住瓶盖，防止汽水冲出。我们俩合作的"自制汽水"在宿舍里供不应求，同学们都说我们的汽水与市场上的名牌"北冰洋"相比毫不逊色，让我们俩心花怒放。

有一天自习课，坐在我前面的董胜利回头问我一个比较生僻的词怎么解释，我回答了。不一会她又回身递过来一本《新华字典》对我说：

"辜予，你看看字典的解释与你不一样。"

我看了看字典后回答她："字典错了。"

她投过来惊讶的目光，并没说什么就回转身继续看书了。晚自习下课，董胜利打了个招呼先走了，我完成作业后才回宿舍。刚刚走上我宿舍所在的五层，就看见我们宿舍的那三个人涌出宿舍向我这边走来。在最前面是董胜利，她怀里抱着我的被子，后面安琪捧着我的脸盆，阎悦提着我的暖水瓶，她们一脸的严肃。楼道里来来往往忙着洗漱的同学都纷纷站下来急切地问："发生什么事情了？"我更是吃惊地看着她们大声问道："你们这是要干嘛？"楼道里的同学叽叽喳喳引来更多人围观。突然安琪笑喷了出来蹲在地上，其他几个人都憋不住地笑到东倒西歪。看着我和所有人满脸狐疑的样子，更让她们的"笑神经"控制不住。

笑够了，董胜利断断续续地对大伙说："辜予以后不再上学了，她高升啦，直接当老师了，咱们一起送她去教师宿舍吧。"大家更加不解。

她这才解释说："今天辜予告诉我《新华字典》是错的，她的见解是对的，她比字典还棒，这么了不起的人还在这里上学干嘛？……"

楼道里围观的同学听完了哈哈大笑着一哄而散。我替董胜利抱着被子回到宿舍，几个人乐了一个晚上。

我对学习一如既往的努力，成绩总是名列前茅。那段日子到处是阳光和鲜花，充实又快乐。

入校第二年是 1966 年，爆发了那场史无前例的无产阶级"文化大革命"。一时间中国大地风云突变，地动山摇，书写了古今中外罕见的血色历史。

"文化大革命"的"造反"起始于大学和中学。革命干部子女自奉"天生的红苗子"，当然地成为"革命造反"的第一批主力军。中学成立了"红卫兵"组织，大学更有名目繁多的"造反派"团体。他们残酷地揪斗干部、随性地毒打老师、疯狂地四处抄家、野蛮地破坏文物……每天都发生惨不忍睹、令人发指的事儿。整个社会全乱了，所有的人都惊慌失措了。

　　直到这个时候才发现我们这个学校的革命干部子女真的特别多，在学生中的比例大大超过其他学校。原来，当初的传说一点也不假。"文革"初始，他们的"造反"声势浩大，如疾风暴雨般，"打倒"了校长、主任和其他干部，揪斗了大多数的老师，似乎还不过瘾，很快又把打击范围延伸到了同学。出身"不好"的学生被称作"狗崽子"，陆陆续续被揪出来围攻。因为我爸爸是大学教授，被戴上了"反动学术权威"的帽子，列入"打倒"的行列。他的厄运瞬间降临。我的阳光和鲜花也随即灰飞烟灭，厚重的乌云压向了我们。

　　我在学校自然被划在了"狗崽子"群体，每一天都像在狂风巨浪中的小船上，极度恐惧又无助。

　　我们学校的"红卫兵"在校门旁边搭出一个直径约两尺的洞，勒令我们这些"狗崽子"上学放学不许走校门，必须钻"狗洞"。那时学校里已经一片恐怖，我感觉空气都重得难以承受，浑身好像被布条紧紧地缠裹着，喘气都很困难。本来就心惊肉跳度日如年，现在还要忍受钻"狗洞"的屈辱。回到家后我告诉爸妈的时候伤心大哭。

　　我不断喊着："我不要上学了！……"

　　爸爸的脸扭曲了，紧握的双手在颤抖，他站在窗前向外怒视着。妈妈在一旁泪流不止。我被抽泣憋得喘不过气来，爸爸走到我面前把我揽在怀里抚摸着我的头，却无言以对。

　　学校已经停止了所有正常教学课程，学生每天必须到校参加政治运动。学校秩序混乱，血淋淋的打斗场面层出不穷。大多数住校生也搬回家了。我每天想到上学就紧张心慌，看着那个"狗洞"心如针扎，在校门边转了一圈又一圈，踟蹰不前。有一天放学走到校门口，我看见董胜利来这里值班，监督校门的进出秩序。心中暗自庆幸好朋友在这里，一边径直走向大校门，却不料被董胜利喝住。

她指着那个洞大喊道："辜予！该走哪儿你不知道吗？"她大声呵斥着，用力挥舞着一根树枝抽在我身上。

"文革"开始后，同学们的家庭出身陆陆续续被公开。阎悦是大军阀的后代，所以最先被揪出来，也被批斗得最惨。红卫兵在大会小会上对她谩骂、呵斥、推搡、殴打……可怜她连爷爷的面也没见过，却要代爷爷受过。

时隔几天，安琪的爸爸因为参加的抗日军队属于国民党而被打成"历史反革命"，她也沦为"狗崽子"。我们三个人同病相怜常常相约一起进出学校，互相倾诉心中的悲愤和困惑。

我们宿舍的四个人中，只有董胜利是革命干部出身，而且她爸爸是空军部队高级将领。看她每天趾高气扬目空一切的样子，似乎人也长高了，嗓门更大了。看着别人受罪挨整，她似乎很有满足感，便越发的狂妄嚣张了。

一天，我被董胜利带来的几个女生堵在宿舍门口，她们把我推搡着用力按在地上跪着，董胜利拿出剪刀，在我头上左一下右一下把头发剪得长长短短乱七八糟她口中念念有词：
"我叫你臭美……这下看你还美不美了！"。说着一只脚踏在
我的头上，用力一踩，我的前额重重砸在地上。她们扬长而
去。我心里的气直往上冲，感觉浑身冰凉，头脑晕晕乎乎，
脸也麻木了，不知在地坐了多久，渐渐的我的额头肿起一个
大包，回去拿着镜子看了，就像年画上的老寿星一样。之后
的两个星期，这个大包由红肿到紫黑，又由紫黑渐渐变成青
黄……从此我便帽子不离头了。我以为我会哭，但是我没流
一滴眼泪，心里想着，等我伤好了还是比你美

　　谁又能料到三四个月之后，董胜利的爸爸被打成了"叛
徒"。"红卫兵"组织打着标语把她清除出"红卫兵"队伍。
从此以后她自己也沦为"狗崽子"，不敢再走大校门了。

　　永远忘不掉的一次批斗大会上，学校的一位女老师被勒
令爬上饭桌上面放着的椅子上跪着，看到她隆起的肚子显然
是在怀孕期啊，"红卫兵"一伙人让老师交代自己名字中为
什么有"美德"二字，老师说："是长辈起的，应该是好的意
思。"没想到话音未落，一个男"红卫兵"一脚将老师连同
椅子踹下桌子。训斥着："分明是向往美国德国，你就是资本
主义走狗！"我被吓得发抖，再也不敢抬头。几个月后，这
个老师生下一个智力残障的孩子，这份撕心裂肺的痛苦何止
于一代人呢。

　　过去的日子里相处得这么好的同学，怎么会在一夜之间

就变得如此穷凶极恶、违背人伦呢？以前在电影里，每看到日本兵伤害抗日战士时，我总是想，日本人难道不是父母呵护长大的吗？他们的心是铁做的吗？他们在向同类施暴的时候"感觉神经"是麻木的吗？而现在，既不是血雨腥风的战争，也不是两军对垒的战场，是穿着白色衬衫，扎着红辫绳的少男少女们，对着同窗共读的同学狠狠地抽下鞭子，对着辛勤培育自己的老师用上各种酷刑，人性到底是什么？我百思不得其解。

爸爸自从被扣上"反动学术权威"的帽子后，就在大学里遭受批斗并且被监督劳动改造。妈妈与爸爸同在一个单位，必然就被扣上"反革命家属"的帽子。责令她检举揭发爸爸的大会小会开了不知多少次，妈妈就不断重复检讨"自己思想觉悟不高，辨不清是非曲直，揭发不出什么问题"。爸爸竟然自己编出一些事情提供给妈妈，劝妈妈去揭发一下，以此免遭批判。

妈妈却倔强地说："我反正也是反革命家属了，还期望什么好结果？我就给他们一个名副其实吧。我知道这一切总有大白于天下的一天。"

妈妈的通透傲气给了爸爸莫大的鼓舞。

他用力地点点头说："就这样坚持吧，在任何一个批斗会上我都坚持真相和真心，我们一起共度患难！"

妹妹小雯比我小两岁，从小能歌善舞，活泼开朗，她那种超旺盛的求知欲，令她琴棋书画兴趣无数，对所有的事情都充满热忱。她笑起来眼睛弯弯的，配上一个圆圆的小脸，无论到哪里都特别招人喜爱，她在欢快中度过了无忧无虑的童年。就在小学毕业跨入中学的时候"文革"突然爆发，让懵懵懂懂的她还不知道什么是生活的时候，就突然坠落到一个地狱般的世界里。

爸爸每天都是在日落后拖着疲惫的身子回到家中。可是就在一个阴霾的夜晚，他没有回来。

这一天是爸爸所在的大学设置的"最后72小时"的结束日。这个"最后72小时"的定义是：每一个人在以往的日子里做过什么错事、说过什么错话、有过什么错误的想法都要在这72小时之内老老实实向组织交代，并且要在限时内互相检举揭发，如有隐瞒，一旦查出，严惩不贷。造反派们在校园各处安装了高音喇叭，这72小时不间断地播放时钟的滴答声。这72小时的每一秒响声都敲打在人们的心脏上，这72小时的嘀嗒声令人毛骨悚然，这72小时人人自危，胆战心惊。整个学校笼罩在极度恐怖的气氛之中。

72小时结束时，大喇叭就喊出了一连串的名字，叫他们到大操场集合，参加批斗大会，爸爸也在其中。我们全家人都紧张到极点，我浑身被冷汗湿透，不知将面临着什么，不知会遭遇怎样的对待。一会儿，高音喇叭里传来了批斗大会的实况，喊声震天。我的心头像压着一块铅一样重得难以承受。妈妈满脸涨得通红，眼眶里闪着泪光，坐卧不宁，焦急万分。妹妹把自己藏在窗帘后面，没有一点声音，但是整个窗帘都在抖动。这样煎熬着等到批斗会结束了，可是爸爸没有回来。不祥的感觉降临了，妈妈吩咐我们在家等候，就冲了出去。

我跟妹妹说："天这么黑，校园又这么大，妈妈一个人不容易找到，我们也去找找吧？"

小雯点头答应，我们鼓起勇气走进了黑暗。高音喇叭突然停止了播放，校园里瞬间变得死一样的寂静，寂静得令人毛骨悚然。我们紧张地四处搜寻着，忽然看见前方昏暗的路灯下，一群人围聚在一起，我们提心吊胆地挤了进去，就看见我们家邻居邓伯伯躺在地上，双眼紧闭，脸上都是鲜血，似乎已经失去了知觉。周围的人商量着把他送到校医室去。我的心脏狂跳，不知道将要看见的爸爸会是什么样子，妹妹已经被吓得呜呜地哭了起来。开大会的人已经走完了，我们终于在操场旁的一棵老树下，看见爸爸靠着树半躺在那里，脖子上还挂着那块"反动学术权威"的大牌子，我扑过去抱住他，眼泪夺眶而出。爸爸怕被人看见，试图推开我们，但他已无能为力，好像手举不起来了。我们架起爸爸，看他脸上表情万分痛苦，不知是哪里受伤了，他每一步都走得异常艰难。爸爸的脚上仿佛有一根绳子拴在我的心脏上，他每走一步我的心就疼一下。

回到家我们帮爸爸躺下后就立刻发现他的胸部一根肋骨高高地顶了出来……妈妈判断这是肋骨骨折了。不能耽误，我们马上决定就用自行车推着他去了医院。急诊室里一个青年大夫走过来上下打量了一番就直截了当问我们"怎么搞的？是有政治问题吗？"妈妈不敢说谎，承认是"反动学术权威"。青年大夫鄙视地说了句："等着吧！"就走进里屋翻看书本，不再理睬我们。妈妈一脸错愕，难道就要这样带着伤坐等吗？爸爸双手支在腿上，直立着上身，受着煎熬。他的胸部我们不敢看。妈妈再次走进里屋去与大夫交涉，可他不耐烦地大声说："不是告诉你了吗？让你们等着，工人阶级优先。"可屋内无人，哪里有工人阶级呢？听了这话我不能相信，不能想象，不能接受，一个大夫，面对一个急诊患者的时候，他竟然不是紧急施救，而是故意拖延。连救死扶伤的医生都泯灭人性、丧尽天良，还能说什么？我不明白是什么力量如此强大，能够把人性扭曲到如此地步。爸爸听到了这句话，他慢慢地站了起来说："回去吧，不必与这种人多言。"

既然在医院得不到及时救治，我们决定回家。妈妈去请爸爸一个同事的夫人来帮忙。她是个外科大夫，听了妈妈的简述，没有丝毫的迟疑，提着药箱就跟着妈妈过来了。她确定爸爸是胸骨骨折了，她用专业的手法复原了骨头的位置，固定包扎好了胸部。爸爸这才安静地躺下了。我们感激之余也相信人是有善恶之分的，即使在人性尽毁，人人自危的时刻，仍然有悲悯之心闪耀光芒。

第二天一早，爸爸的情况比较稳定，我们惦记着昨晚邓伯伯受伤情况，不知现在怎么样了。爸爸让我陪着妈妈到邓家去看看。正说着，邓伯伯的儿子端着一个瓷罐过来，说是他奶奶熬了一锅汤，送一碗给我爸爸喝。

邓伯伯的儿子比我大两岁，我们从小在一起玩，我和妹妹喊他"平哥哥"。在小朋友嬉戏打闹中他总是袒护我和妹妹，无论大事小事只要我们找他帮忙，他从来没有拒绝过。那时爸妈经常在晚上政治学习或开会，我和妹妹不敢天黑时自己在家里。爸妈就把我们俩"寄存"在邓伯伯家，平哥哥带着我们做风筝、下围棋、讲故事……平哥哥温和又耐心，长得还特别好看帅气，我和妹妹曾经为了长大后谁跟平哥哥结婚吵得难解难分。记得有一次两家人一起出去玩，拍的照片取回来看时，几乎每一张照片上我和妹妹都是一左一右站在平哥哥两边，两家大人全笑了。妈妈更喜欢他，把他认作了干儿子。

"文革"开始后，我爸爸被"打倒"，每天劳动改造，经常被派去扫马路，平哥哥只要看见我爸爸，一定会把大扫帚抢过来，替他扫完整条马路。爸爸坚持拒绝他，但是无论怎么劝都阻止不了他。

平哥哥端来的是山药炖肉汤。那个时候北京人一个月才给半斤肉，多么稀罕的食物，他们却不吝相赠，这份浓浓的情意令我们感念不已。平哥哥放下汤就问我爸爸的情况，我把平哥哥拉进爸爸的卧室里，爸爸很想坐起来，但是骨折的剧痛让他没法做到。他只好招呼平哥哥坐在床边。我讲述了昨晚爸爸在会场和医院的遭遇，平哥哥听着愤怒地捶打着床，不知说什么好。爸爸握住平哥哥的拳头安慰他说："现在没事了，放心吧。说说你爸爸的身体怎么样了？"

平哥哥说："现在我爸睡着了。昨晚我爸额头被打破了，昏迷不醒，牙齿打掉了两颗，膝盖血肉模糊了……"他的脸涨得通红，眼睛里闪着泪光。

"给他什么罪名？严重吗？"妈妈急切地问。

平哥哥愤愤地说："挂的牌子是'叛徒'"。

"又不是共产党员，背叛谁啊！完全是欲加之罪！"妈妈似乎了解他们家的事情。

可我想不出一个教授与"叛徒"怎么能联系到一起呢？平哥哥可能看出我的疑惑，轻声对我说："有空我给你讲讲我家的事情。"说完就回去了。

之后的一段时间爸爸就一直躺在床上了。

他整日不太讲话，眼睛总是望着窗外若有所思。有一天傍晚，我们坐在爸爸身边，昏昏的夕阳洒在床上，给爸爸的脸上涂上了一层凄凉的黄色。

他茫然地向着窗外悠悠地说："新中国成立的时候，我和你妈妈正在美国俄亥俄大学任教。当时相信人民当家作主了，该是振兴中华民族的时候了。没等小予生下来，我们就急不可待地回到祖国。满以为可以为自己国家的科技事业发挥作用了。谁料到我壮志未酬身先碎。"

妈妈告诉我们："刚刚回国不久，你爸爸应部长的邀请，参与在首都创办一所地质能源学科的大学，填补新中国的空白。你爸欣然接受了这个任务，立刻就投入到繁重的学校筹建工作中。五十年代初大学就建成也顺利招生了。我们可高兴了，最初教师不够，你爸一个人同时代七门课，你们看他热情多高涨啊，那时真是没日没夜地备课。他心心念念就是要把自己在美国学到的知识，尽快地传授给年轻的学子们。没过多久，苏联专家进入各大院校。你爸就因为与苏联专家的一个学术观点不同，而被指是反对苏联专家，反对苏联专家就是反对苏联，即是反革命。你爸坚持学术之见与政治无关，拒不检讨认错，他受到严厉批判。差一点被打成了现行反革命。你们说说，所犯何罪啊，遭此无妄之灾。"

我看得出他们内心充满着愤懑与质问。这"72小时"后爸爸遭受的伤害，也是为他的刚正不阿而付出的代价。

然而他是一个桃李满天下的师长，是一个德高望重的教授，在他辛勤耕耘的校园里被学生无端地践踏侮辱，他身上的伤痛远不及内心的伤痛来得尖锐和剧烈。看着妈妈、我和妹妹屡受牵连，遭到打击，爸爸的眼中弥漫着悲凉和绝望。

很多年以后爸爸告诉我们，那段时间他不想再连累我们，曾经几次在深夜里，关上了他屋内煤炉的风门，阻绝了煤气流向烟囱的通道，想用煤气中毒自我了结，但是都没有成功。一个人要断绝一切尘念，内心该用了多么大的气力啊！

有一天下午，楼下突然人声鼎沸，脚步声嘈杂，呼啦啦从楼梯上来一群人，吓得我心惊肉跳，猜想一定是来抓我爸爸的。但是他们冲进了邓家。不一会儿，邓伯伯被他们五花大绑地拖走了。我们惊恐万分，知道邓家又出事了。我和妈妈赶紧过去看看邓伯母。她惊魂未定，竟然也和我们一样不知什么情况？邓伯伯被带到哪里去了？我们商量了一下决定由妈妈陪着邓伯母去"革委会"打听一下情况。等她们回到我家，才知道邓伯伯被造反派扭送公安局了，说是直接关进监狱等候判刑。邓伯母这时候怒难平气难消，嘴里不停地叨唠着：

"冤案！冤案！太不讲理了！……到哪儿去告他们？……早知今日何必当初！……"

我端了杯水给邓伯母喝了。

她不等喘口气就急切地对着我们讲述起来："老邓家族从清朝末年起就在东直门外经营一家'冰窖'，你们知道吧？就是冬天制作冰块储藏在冰窖，夏天拿出来卖。当时皇亲国戚、达官贵人买回去用作纳凉或者冷藏食物。老邓家有专门运冰的车，几十年如一日每天进出城门，所以城关驻军对他们都很熟悉。老邓一家人耿直仗义，爱憎分明，在抗日战争时期就慷慨解囊，捐款捐物，利用‘运冰车’巧妙地协助抗日志士们的活动。后来，共产党组织认为他们家有掩护地下工作得天独厚的便利条件，便通过老邓的大学同学联系他们。邓家了解到共产党是为百姓的自由民主而战，毫不犹豫伸出援手，利用他们的富商身份和‘运冰车’，从掩护联络员传递情报到运送医药物资等等，倾力协助。党组织还在他们家的销售点里安插了两个联络员‘账房先生’。解放前夕，共产党的一个联络站被破坏，党组织因为联系不上那两个‘账房先生’就请求老邓立刻去通知他们快速撤离。老邓考虑时间紧迫便找了他母亲分头去通知。结果两个‘账房先生’得到了通知顺利逃走，而老邓和他母亲却被逮捕了。他母亲说自己是去查账的，不知道其他事情，所以不久就被释放了。老邓受了严刑逼供也没承认任何指控。他虽不是党员，但是和父辈一样仗义守信、一诺千金，既答应了要掩护那几位同志，就是拼死也要做到，他自始至终没有透露一点信息。”

邓伯母稍稍平复了一下心情接着说：“这个时候离北平和平解放已为时不远了。国共谈判成功后，释放政治犯的条款获得通过，老邓才被无条件释放了。"

说到这儿，邓伯母又激愤起来："一家子豁出命帮他们，现在反而成'叛徒'了！"邓伯母本来已红肿的眼睛里满含泪水。

她紧接着说："刚才他们'造反派'罔顾事实，硬说：'江姐在重庆就是解放前夕被杀害的，你要是不出卖同志怎么会释放你呢？'他们就是这样下的结论，天理何在啊？老邓理直气壮地顶他们：'你们去调查一下，在我之后有没有同志被捕不就清楚了吗？'可是哪有人理会这些啊！"

爸爸及时提醒说："被他营救过的干部可以出面交涉一下吧？你不妨去找找他们。"

邓伯母说："是啊，被他们掩护营救过的共产党人，后来有的当上了外交官，有的当上了公安局长，对这一段往事，他们在报刊上写过文章说：'我们长期使用冰窖的两个掩护地点，秘密工作长达八年之久，邓氏一家仗义豪爽，正气凛然，为我们的事业做出了重要贡献。'这些材料已经提交过多少次了，从刚解放，就交代至今，我背都背下来了，有什么用啊？还不是被整得死去活来？"

"现在非比平常，人被抓进监狱了，关键时刻他们应该会出面的。"爸爸极力主张找那些当年被救出的干部，邓伯母点头，决意去试试。

邓伯母走后爸爸感叹道："在战争年代，这可是个与共产党肝胆相照、患难与共的一家人啊。"

我自言自语："他被关进了国民党的监狱又被关进了共产党的监狱，竟然是因为同一件事……"

爸爸接过去说："他的感想一定截然不同，但他的品格始终如一。"

这之后，邓伯伯硬是在监狱里熬了三年，才终得平反昭雪恢复名誉。

又一道最高指示下达了，"知识青年到农村去，接受贫下中农再教育"。就在爸爸伤势未愈的时候，我就进入了我们学校第一批下乡学生名单。收到通知书的那天，我在校园里转了很久。爸爸受伤，妈妈也被牵连，不知哪一天就可能把他们遣送去外地劳动改造，妹妹一个人怎么办？我回到家里，一家人传看这份通知书，一遍又一遍，都想说点什么，可什么也说不出来。家里没有一点声响，没有一丝生息，黄昏时分，屋内更是幽暗，谁也不愿意开灯，让凄楚之色任意地留在脸上。

看不到前程的爸妈商量后决定让我带着妹妹一起下乡，以后两个人相依为命吧。于是我和妹妹一起加入了下乡知青的队伍。1968 年，我们的户口在北京注销了。

临走的那天，爸爸还因伤躺在家里。我们站在他的床前，看着他那灰色消瘦的脸，深深下陷的眼窝，纱布缠裹的身体，哀痛无助的表情，至今深深刻在我的心中。想到不知何时是归期，忍了又忍的眼泪还是涌了出来。爸爸直直地望着我们，半天半天才说出一句话："爸爸对不起你们！"眼泪顺着他的脸颊流了下来……

妈妈和平哥哥送我们到了北京火车站。我们从来没有出过北京，从来没有坐过火车，踏上火车的那一刻，还有种新鲜的感觉，东摸摸西看看，可是当火车突然一动，知道真的要离开了，我们不约而同地冲到窗口，我看着妈妈，顿时眼泪夺眶而出，妹妹更是大哭起来。

她喊着："妈妈，我不去，我不去……"

妈妈追着车不停地嘱咐着："小予小雯一定保护好自己，每个星期写封信回来啊……"

火车徐徐前行，望着妈妈与平哥哥的身影渐渐远去，火车载着我们驶向不知何处的远方，一阵惶恐袭上心头。

若干年后，我们才知道这次在火车站与平哥哥的挥手告别竟是此生永别。那是我们离开北京不久后的一天，当造反派的人再次到他家里抓捕他奶奶的时候，平哥哥怒不可遏，一边保护奶奶一边与造反派打了起来。那时的"狗崽子"是"严打"的对象。小小年纪的他被押往青海的劳改农场，在那个渺无人烟的荒漠中，他心力耗尽后慢慢倒下，再也没有爬起来。

不期而然

　　我和妹妹坐上了北京开往安徽合肥的列车，在起点站车厢里已经座无虚席，行李架上堆得满满当当，连过道上也是人和行李，想到后面各站再上了乘客，该是走路都困难了。如果要去卫生间怎么办呢？我们俩商量了一下，决定不吃东西了，到下车前坐着不动应该没问题，于是就把妈妈给我们带的面包都塞上了行李架。

　　还没等我们平静下来，列车员走过来，指着行李架上的小提琴和吉他问是谁的。我紧张起来，心想："火车不可以带乐器吗？"

　　我迟疑地答道："是我们的。"

　　列车员用命令的口气说："现在列车上成立毛泽东思想宣传队，你们两个去参加宣传。拿上乐器跟我走。"

　　我们顺从地站了起来，我回头望了望行李架上我们的东西，心里有点担心。

列车员看到后立刻大声对邻座的乘客说："上面的行李是她们的，大家帮忙看着点。"

说完就带着我们来到了第一节车厢。这里已有一位中年男子手拿胡琴无精打采地等在那里。我们被要求从第一节车厢一直表演到最后一节车厢。

开始我们演奏了胡琴和小提琴，乘客们懒洋洋地听着，完全不在意的样子。可是当妹妹的歌声一出，掌声四起，一片欢呼。

妹妹的嗓音不但圆润嘹亮，还特有一种甜美委婉的风格，让她的歌声更增添了几分柔和抒情的感染力。她唱的京剧和地方戏曲也是字正腔圆，韵味十足，很多人以为她受过专业训练，可她确实是无师自通。在学校时她就经常参加表演和比赛。

车厢里的乘客高喊着："小'郭兰英'再唱一个！"……妹妹演唱的歌曲中，最受欢迎的当数"谁不说俺家乡好""南泥湾""听妈妈讲那过去的事情"……在每节车厢里唱五六首歌都走不了，赞扬声此起彼伏。

本来人就多，空气污浊，两边车厢的人也涌了进来紧紧地围着，远处的人纷纷站到了椅子上观看，没过一会我们就汗流浃背，口干舌燥了。

小雯怯怯地问我："姐姐，我不想唱了，咱们可不可以回去啊？"

我算算才走了五节车厢，再看看那位列车员满脸的得意和开心，不敢扫她的兴，就劝小雯："我跟你一起唱，你小声一点，再坚持一下，过一会我再找她说吧。"

列车员还继续拉着我们一节一节车厢往下走。我们嗓子都疼了，就前去问列车员能不能换人表演。

列车员奇怪地问："这么受欢迎为什么要换人啊？"我告诉她，我们唱不动了。

她没有半点迟疑地说："没关系，加一个小提琴演奏吧。"

就这样演奏加演唱我们坚持走完最后一节车厢才回到座位，我们全身的衣服都汗湿透了，好像还从来没有过这种承受不住的筋疲力尽的感觉。那个列车员从餐车给我们端来两碗漂着葱花的酱油汤，算是给我们的犒劳。我把我的一碗也给小雯喝了，她喝完汤靠在椅背上立刻就睡着了。我看着她累得通红的小脸和汗水沁透的头发，一阵心酸，眼泪止不住地流下来。

火车轰隆隆地向前奔驰，看着窗外陌生的大地，想着我们不期而然的生活就这样开始了吗？想着爸妈还要经受怎样的磨难？想着明天我们将面临的是什么？……我一点睡意也没有。

我们插队落户的地方是在安徽，离巢湖不远的一个三十多户的小村庄"李小郢"，这里的村不叫村叫做郢（yǐng），他们大多数人同属一个"李"姓，互相之间有亲戚关系。离我们李小郢不远处还有周大郢、蔡小郢……连成一片称作大队。十几个大队组成一个公社。

我们的郢子前面是一条七、八十米宽的大河，据说是从北部山区流经这里汇入巢湖。河的两岸有高高的堤坝，站在屋前是看不到河面的。堤坝上就是去往镇子和县城的路。郢子后面的小河才是吃水和洗衣的地方。这里的房子都是用泥草垒起来的土房，墙上布满了大大小小的裂缝。远看时，我以为那是牛棚、茅房之类，到了近处才知道全都是住人的。

李小郢接待我们的是队长李二叔，他安排我们住在生产队的仓库里。房子很大，半间屋子都堆满了稻草，角落里有个落满灰尘的灶台，一张大木桌和两条长板凳是队里用来开会、记工分的。属于我们的就只有一张二尺多宽的竹凉床。初来乍到，李家二叔、三叔以及他们的家人，全都围住我们，问长问短，送茶送饭，帮助我们刷洗灶台、清理仓库。他们热情友善的态度让我们很奇怪，难道他们不是最光荣的贫下中农吗？难道他们不知道我们是被驱赶来的"狗崽子"？为什么对我们这么亲切？我们一时摸不着头脑，与他们相处时，还是小心翼翼的。过了一段时间后才真正了解，这里的人们就是这么淳朴这么善良。

在我们的屋后，可以看到一望无际的田野，黄色的油菜花、粉色的地肚花（肥田草）、绿色的麦苗，五彩斑斓，美得让人心醉。巢湖离我们这儿有七八里地，当我和妹妹跑到巢湖岸边时，被眼前的景致震撼了。湖面竟然大得看不到边，好像与天连接在了一起，难怪妹妹兴奋地喊着："大海！大海！"阳光下的湖面波光粼粼，一群不知名的鸟儿低低地嬉戏追逐，星星点点的白帆在水面上缓缓地摇曳着、移动着。这一切在蓝天的衬托下，像一幅巨大的油画铺展在眼前。在这一刻，我们被压抑的心灵顿获释放。

自从到了李小郢那天起，我们就住在仓库里，其实它也是牛棚。本来有半堵墙相隔，后来墙倒塌了就与仓库连成一室了。所以与我们同住一室的还有两头大水牛。之前我们从没见过水牛，它们竟然长着那么长的牛角，让我想到书中描写的西班牙斗牛的场面，顿感不寒而栗。当天晚上关上大门，两头偌大的水牛近在咫尺，我就感觉像被关进了动物园的笼子里，随时都有被牛角挑起来的危险。这一晚我们俩谁也没敢睡觉，四只眼睛就紧紧地盯在那两头大水牛身上。其实它们很乖很温顺，除了巨大的喘息声和常常发出像打喷嚏似的吼响，让我们一惊一乍的外，并没有什么动作。过了几天我们就不怕夜晚与牛同宿一室了。但是这个屋子没有窗户，只有两个一尺见方的洞透气，屋内气味难耐，臭味臊味还有说不清楚的怪味夹杂在一起令人窒息。即使把牛圈打扫得干干净净，这个味道也去除不掉，让我们无可奈何。我和妹妹两人共享一张二尺多宽的凉床，因为怕摔掉地下，我们在床边垫了厚厚的稻草。每到夜里，猫和老鼠经常在我们身上跑来跑去追逐捕杀，发出各种各样的怪声。被它们吵醒时冷不丁看见像小老虎般的大猫用贼亮的夜光眼正注视着你，真吓出一身冷汗来。

别的生产队知青看到我们的居住环境后，为我们打抱不平，他们说，每个知青都有安置费拨给生产队，他们必须按规定给你们安排单独宿舍，现在这样完全可以去公社告他们。但是我们没有去，因为我们已经很满足了，他们没有歧视我们，平等对待我们，能够有正常的生活，苦点累点脏点不算什么。在这里，我们一住就将近四年。

生产队派给我们的第一个活儿就是放牛。要把牛牵到池塘里刷洗，拉着它们去吃草，一路上要背着粪桶粪勺接它们的尿和粪，因为尿是肥料，而粪则是老乡最喜爱的燃料。我们要把收集到的粪堆到一起像揉面一样揉匀，然后做成直径一尺左右的圆饼，整齐地贴在房子的外墙上，一行行一列列，等干了以后掰下来按户分给各家，那是做饭烧水最经用的燃料。但是两头牛的粪便毕竟数量太少，家家户户还要出去打草，而一把干草哄地一下就烧光了，往往打了一天的草都不够做一顿饭的。这就是后来我们格外小心翼翼接粪的原由。为了怕漏接尿粪，老乡总在适当的时候对着水牛吆喝相同的一个调子，就是建立条件反射，让牛听到这个吆喝时就会排尿排粪。我们很快学会了这种吆喝，小雯还别出心裁地用小提琴拉这个调子，她说这样省力气。竟然也练出同样的效果，后来这事被当地人笑传十里八乡。

刚刚开始放牛的时候，我们还是很害怕水牛会有什么牛脾气，万一发作不知会怎样，所以请邻家孩子把牛鼻绳接长到一丈多，远远的拉着它们。郢子里很少有外乡人，自从我们来到这里，很多小孩好奇地围绕在我们身边。我们放牛，他们就很自然地替我们干这干那。看我们什么都不会，他们争先恐后地教我们：如何把草挽成松松的刷把，给牛擦洗犁田时堆积在身上的泥块；如何让粪桶在我们后背上不会晃荡出粪水流在身上；如何寻找丰润的草源……过了没多久我们就学会了所有放牛该做的事情，并且可以稳稳地骑在牛背上了。

每当夕阳西下的时候，收工的人群像一条长龙蜿蜒盘行在田埂小道上，郢子里面已经是炊烟缭绕，我们坐在牛背上，望着云边渐渐变红的斜阳，用笛子吹着小调，比照着"牧童归去横牛背，短笛无腔信口吹"的诗情画意，书写着我们的田园生活。

李小郢的房子大多数都是四五家连成一排，排与排错落着，相距在不远处。各家的房屋格局也都类似，一个堂屋坐北朝南，两边是东西厢房，厢房后面接着厨房。堂屋前后都有门，不论白天黑夜总是敞开的，后门外是私家院子，里面有小菜园、鸡窝、猪圈和茅房。屋里的家具一般都很简陋，只是些最基本的桌椅床铺和衣箱，家家都收拾得干净利索。这里的人们虽然衣着素旧，但十分整洁，就连补丁都是横平竖直的。每天下午收工回来他们必先洗澡，换上干净衣服才吃饭。我们还发现这里的人，无论男女，长得都很端正，有的还很漂亮。不知是南方农村都这样，还是因为他们生长在水边，也或者是他们的基因好。

我们住的仓库是第一排的第一户，与我们相连的一家是母子两人，妈妈三十八九岁，一身上下收拾得干净利落，她肤色白皙，双唇微红，像是天生施了淡妆。灵秀的眼睛高高的鼻梁，本就是个漂亮女人，那腮边的两个酒窝在她笑时更添了几分妩媚。她是李二叔的妹妹，大家叫她老姑。她的丈夫原是县里一个中学老师，早年病逝了，她就带着儿子回到了娘家。儿子叫王则易，长得高高大大，双眸炯炯有神，继承了他妈妈的所有优点。他说起话来总是笑眯眯的，给人一种亲切温暖的感觉。则易十七岁上到高中遭遇"文革"，学校停课就回乡了。因为他能写会画，经常被调到公社去搞宣传。在没有宣传任务的时候，他也要回来下地干活。再旁边一家，住着刘大叔两口子，他们无儿无女，听说是灾年逃难来的，现在已经融入了李小郢。这一排的最后一家就是李二叔了，他是我们生产队的队长，两口子都四十二三岁，长得都很端正，感觉他们两人有着十分般配的夫妻相。他们有两个孩子，女儿叫小英子，十四岁的年龄能干又懂事，是我们最好的朋友。儿子六岁，文文静静，可是取的名字叫小闹。由于二叔二婶的性格都很开朗，他们家里常常传出朗朗笑声。

这里的男青年有一个习惯，每天吃晚饭时，就会盛上一碗饭，夹些菜，端到别人家门口一蹲，边吃边聊天。自从我们俩来到这里，每天晚饭时候，屋里门外都蹲满了人。他们很喜欢与我们聊天。开始他们最常问的是：

"你们见过毛主席吗？"

"北京有多大？"

"中央领导住在哪？"

"皇帝的金銮殿给不给看？"

……

后来就天南地北无所不谈了，我惊奇地发现他们的知识很丰富。多次追问他们从哪里得知的，他们说是看书、听广播。可是我们从北京来的时候，在火车上有一个军人告诉我，前不久他去皖南山区访贫，一个老太太问他："日本鬼子走了吗？"把我们笑坏了，我以为农村人都是那么孤陋寡闻呢。

吃罢饭，洗涮干净，女人们就会拿着板凳和麻线到大门外，稀稀疏疏围坐一圈，一边搓麻绳一边闲聊天。我和小雯也与她们坐在一起，一边学着搓麻绳，一边与她们闲话家常。善良的嫂嫂婶婶们总是问：

"你们跑这么远，爸爸妈妈哭死了吧？"

"你们想家吗？"

"他们怎么舍得呢？要是我就不舍得。"

"你们不能不走吗？"

……

男人是不参与女人圈的闲聊。他们另坐一边，抽着香烟，谈天说地。

很快"小雯唱歌好听，跟广播里一模一样"的传闻在李小郢无人不知无人不晓。于是常常在晚上，郢子里男女老少都聚拢过来，汇集在仓库前的场子上，听我们唱歌，听我们弹琴。有时候像开联欢会一样，当听到"大海航行靠舵手"和许多革命歌曲时，他们会跟着我们一起合唱。听到"妈妈讲那过去的事情"时，也看见他们伤心落泪……

在清澈的月光下，小小的村庄里流淌着悦耳的音乐声，这么美好的时光，有这些善良的人们与我们同呼吸共命运，我心中充满了感动。仰望着遥远的北方，想告诉爸爸妈妈"你们放心吧"。

农活中，收割水稻是我们最先学会的，李二叔教了使用镰刀的方法，我们比划了几下，就跟着他们一起干活了。一边琢磨着挥动镰刀，一边调整着用力方向，逐渐找到了感觉，我们俩低着头弯着腰不停地割着，一直到地头才直起腰来，回身一看，他们才割了不到一半，以为自己初学乍练就能胜过行家里手，我们好得意，高兴得就像赛跑得了第一名似的。看到手掌上磨起了一串水泡，我们用毛巾裹起来继续干，水泡破了就会流出水和血来，我们连看都不看。我们忍着手掌的疼痛，头都不抬地割着稻子。在没有人娇惯的时候，就变得坚强了，在知道这就是一辈子的生活时，就没有了怨言。只见身后是不断延伸的，一垄垄整齐划一的稻茬。

歇息时王则易给我们送过来两碗绿豆汤，笑眯眯地听着我们自卖自夸，等我们高兴够了他才说："你们不是只干一天两天，是日日月月年年，都像你们这样干，我们早就累死过了。以后跟着我们就行了，别逞强。"果然之后很长时间我们腰酸背疼，步履蹒跚。

这里一年种两季水稻，还有小麦、油菜等。全年之中，重复着育种、犁田、撒种、拔秧、插秧、摘草、收割、打麦……大部分时间是在水田里干活，水深的时候能没过膝盖。不同季节不同时辰，田里的水会是冰寒扎骨，也会是烫得下不去脚。每到这些时候，我们每迈一步就像受刑一样。就连郢子里的妇女也有不干这个活的。但是我跟妹妹从来没有缺勤过。运种、运秧都是靠肩膀挑，一行人排队在田埂小道上，来来回回不知要跑多少趟，就见我们俩左肩换右肩，右肩换左肩，不停折腾着，因为肩膀疼痛难忍，开始的一段时间，肩膀是红肿，后来就变成了紫黑，表皮全都皱了起来，看上去很吓人。每天晚上洗过澡，就一片一片往下撕，后来慢慢地也不觉得疼了。拔秧、插秧、摘草再加上收割水稻、小麦全部都是弯着腰低着头干活儿，打麦、扬场、翻肥、挑土修圩也都要使出全身的气力才能完成。这些我们都咬咬牙挺过来了。就连乡亲们都佩服我们、夸奖我们。但我确实被一件事击败了。

自从我来到这里，就一直被各种害虫欺负。蚊子、小咬、臭虫、跳蚤叮得我们浑身是包。每天晚上钻进蚊帐里，还能用煤油灯烧死五六十只蚊子，真想不出它们是怎么钻进来的。在水田里我又遭遇了蚂蟥。蚂蟥外型很像蚯蚓，以吸血为生，它能钻进人的皮肤里。开始我不知它的特性，看见它趴在腿上就拼命地往外拉，可是越拉越短，几乎要钻进腿里了，吓得我尖叫，多亏旁边的人上来一阵拍打，它才弹掉下去，我才知道蚂蟥是不能往外扯的。我的腿上经常会同时爬四五条蚂蟥。我每迈一步都要不安地把腿提起来看看，经常因恐慌摔倒在水田里。后来由于身上的伤口被脏水污染发炎，两条腿都溃烂了。只能每天拖着烂腿去十几里外的卫生院打针吃药，用了很长一段时间才消肿复原，腿上留下了斑斑疤痕。累活儿脏活儿我都能克服，可是这蚂蟥偏偏对付不了，只要下水田就被蚂蟥咬住，双腿就不断感染溃烂。这样经过多次轮回，一直信心满满的我终于败给了蚂蟥。最后不得不决定不再干水田里的活儿了。说来也奇怪，小雯却很少被蚂蟥咬。小雯说以后这个活儿她全包了。所以后来下水田多是小雯去了。我就包揽了家务活儿：挑水、打草、洗衣、做饭。每一项对于我们来说也都不容易。

我到河边洗衣服时，小闹（李二叔的六岁儿子）总爱跟着我，帮着拿盆拿棒槌，我干活他就在旁边陪我说话。我在家做饭时，他会跪在灶口前添草加柴。有时他一溜烟跑出去，又一溜烟跑进来，扔在桌上一块烤芋头或者一个熟鸡蛋……晚上我们在门口与大家闲聊时，小闹会静静地蹲在我的腿边。每当我们要去大队、公社宣传演出的时候，他会不声不响地把小手塞进我的手心，我便欣然拉着他一起出发。

我觉得他好可爱好有趣，也有点纳闷，问小雯"他为什么对我格外好啊？"没想到小雯说"看你长得漂亮呗。"逗得我哈哈大笑，五六岁的小孩知道什么漂亮不漂亮啊。在我想来，人性本就是这么纯善，如果没有人为制造矛盾和仇恨，如果没有政治运动的裹胁，人与人之间该是这般真诚友爱的，社会也一定是温暖和谐的。

小雯的好学精神可不是一般人能比的，她不仅学女人的活儿：纺纱、纳鞋底、做米粉……也学男人的活儿：耕地、车水、扬场……她自告奋勇帮助婶婶们纳鞋底，其实只要大致掌握针脚的密度和紧实度，纳鞋底的质量要求并不算太高。婶婶们愿意把活儿交给她，小雯觉得自己能帮上忙，又得到大家的认可，也很开心自豪。于是一有空就帮忙纳鞋底，手掌都勒出了殷殷血痕，也在所不辞。可是我发现纺纱是个技术活，收购纱线是按质论价的，纺得越细越均匀收购价格越高。

所以我提醒小雯不要替人家纺纱："你纺的不好就会影响人家收入。"

小雯不以为然："我的技术越来越好啊，可以帮上忙的！"

可是后来无论我们去谁家串门，脚一跨进门槛，婶婶们惊慌失措地抱着纺车就往里屋跑，好像见了劫匪一样。可小雯全然不觉，跟在后面追着喊着："别拿进去，我还要纺呢！"令人哭笑不得。

打草是我最发愁的事，周围都是大片的庄稼地，河边地头有一些草，但早被打光了。背着竹筐转悠几个钟头也收不到什么。

二叔不止一次地对我们说："你们就用仓库里的草吧，反正你俩也烧不了多少，没关系的。"

可屋里的草是生产队的，我们觉得用它不合适，所以虽然就在手边，但是我们从来没用过。

后来则易说要带我一起去打草，我高兴极了。他第一次带我去的地方是在我们郢子北面七八里外的一处高岗，那里有很大的一片柳树林，因为已入秋，树叶有些微黄，林子里很静，只有鸟儿的叫声，一条小溪从这里经过，溪水清得能看见小鱼在游荡。这番景致让我想起一句古诗"水清石出鱼可数，林深无人鸟相呼"，觉得再贴切不过了。则易看我喜欢这里也高兴起来，他让我在溪边坐下，从衣袋里掏出一本书递给我说："你先在这里歇一会吧，我去看看哪里草多，马上就过来。"说完他向树林走去。我接过书一看是《茶花女》，又一阵惊喜。过去在学校时，酷爱看侦探小说，所以经典名著读过的不多，"文化大革命"开始后家里的书都被抄走了。到了这里无书可看是我最大的遗憾。拿到书我便立刻看了起来，直到天色暗得看不清字才想起时间。我抬起头来惊讶地发现则易坐在旁边，两个筐里已结结实实塞满了草。我又是感激又是惭愧，跳起来连连给他鞠躬道谢。则易一个劲摇手笑着说：

"不用，不用，我家还有好多书呢。你要看吗？"

"当然要！"我急切地说。

"你随时过来拿就是了。"则易说着站起来。

他又伸出一个手指头说："那你能答应我一个条件吗？你能让我听你拉小提琴吗？"

"没问题。"我一口答应，心想反正每天练琴让他来听就行了。

但是则易又歪了头笑眯眯地加了一句："让我自己挑曲子行吗？"我还是满口答应了。

这比起能看到书实在算不得什么。回家的路上，他告诉我，因为上学早，"文化大革命"前他就上了高中，成绩又特别好，所以他一直打算考大学并且现在还在自学呢。我很佩服他，有自己的目标，有自己的计划，而且为着目标一步一个脚印往前走。然而这个目标能实现吗？"文化大革命"还要持续多久？大学还能恢复招生吗？我想到这些心中一片茫然。

路上我们还说到了《茶花女》。

则易说："两个人相恋了那么久，最基本的信任是该有的，阿尔芒骨子里还是存有偏见，他配不上玛格丽特。"

我说："遇到问题应该两个人一起同心协力去解决，玛格丽特的违心做法害了两个人。"

则易反驳说："你这么批评玛格丽特不太公平，她在那个社会里是软弱无力的，她只能妥协。"

我坚持己见："如果是我，我一定把真相告诉阿尔芒，两个人一起想办法，总会有克服障碍的机会。"

则易忽然站到我面前感慨道："真看不出你的个性还这么坚强大胆，不像外表这么柔柔弱弱。我喜欢你这样的性格。"

他这么一说让我不好意思起来。他也没有再说话。我轻声地哼唱起了《九九艳阳天》里'二妹子'的唱段，没想到则易竟然用清亮的嗓音和准确无误的音准加入了'小哥哥'的唱段与我对唱，顿时我们两人都兴奋起来，一边唱一边自我欣赏着双声部和谐的歌声，为这不期而至的完美对唱激动不已。

我们一路唱着歌回到郢子，连背筐都没有卸下，我就直奔则易家。走进了他的房间，看见了这里很少见的书架，上面放满了书，虽然书都很破旧但内容广泛，有世界名著、中国经典小说、实用中医手册，还有《十万个为什么》……听则易说附近几个郢子里的年轻人都在传看这些书。我太惊喜太激动了，我一定要把这些书全部都看完。

小麦收割以后，各家分到一定量的麦子。我们要把打下的麦粒挑到镇上的机房磨成面粉并分离出麦麸，然后再把面粉和麦麸挑回来。麦麸是喂猪的最好饲料，我们没有养猪，是可以就地卖掉的，但我们宁愿挑回来送给乡亲。去镇子来回要走36里路，平时空手已觉得很累，挑着两筐粮食走这么远更是艰辛。二叔、则易、刘大叔他们早就说过："我家去的时候顺便就把你们的带去机了"。但是我们想，以后的日子长着呢，总不能老去麻烦人家，还是自力更生吧。这天，我和小雯起了个大早，趁郢子里的人还没有起床，我们俩鼓起勇气就出发了。轮换着挑担，边走边歌。以前小雯常在走长路的时候说："姐姐，我走不动了，你背背我吧。"虽然只是说说而已，但她的确很怕走长路。可是这次她抓着扁担不肯放手，这么累的活儿她却在照顾我，小小的人怀着深深的爱。天气实在太热，汗流不止，我们又累又渴，中途在路边的农家要了碗水喝，也不敢耽搁，匆匆赶路了。烈日当头睁不开眼，高高的大堤上来往的人很少，小雯别出心裁戴了顶遮雨的斗笠，她说斗笠的遮阳面积比草帽大。本来她个子就不太高，戴上大斗笠就像白雪公主故事里的小矮人。联想到过去在学校的表演中装扮白雪公主的她，此时此刻正满脸汗水地挑着沉重的担子，蹒跚在看不到尽头的小路上。小小年纪，何至于此，一时间酸楚怜惜涌上心头。

到了镇上，发现排队机面的队伍竟然看不到尾，万万没有想到会有这么多人，我一下子急了起来，瘫坐在地上。在关门前是肯定轮不到我们了，天黑之前又必须赶回家，好不容易挑过来的小麦，难不成再挑回去？根本挑不动了。这可怎么办呢。一时间我急得哭了起来。小雯万事不操心，放下担子就去买吃的东西，她兴高采烈地拿着四个炸糕回来坐在地上。

她边吃边赞："太好吃了！真香啊！"

可是我一点也吃不下，急得要命，我完全慌了神，不知道该怎么办了。正在这个时候，就看见则易气喘吁吁地跑过来，一脸的埋怨。

他嗓门大大地说："谁让你们自己来的，这东西哪家不能帮你们带一下，还要不要命了？也不打个招呼，幸亏我猜到了，不然你们怎么回去？……"

还没见过则易发这么大火，他语无伦次地数落着我们。

我一看见则易来了就知道有救了，激动的泪水哗哗地流，可满脸是笑容。则易本来在生气，看我这副样子又笑了起来。

他奚落道：“一边哭一边笑，奇丑无比。”

我立刻擦了把眼泪嚷嚷道：“是因为你骂我的时候鼻子不在脸中间，被你吓的。”

我被自己脱口而出的话逗笑了。他们两个也笑得前仰后合。趁我没注意，则易从小雯手里拿过一个炸糕一下子全塞进我的嘴里。因为太满无法下嚼，我又吐了出来。我给小雯使了个眼色，她猛扑上去，抱住则易的头，我把手中的炸糕又塞进了他的嘴里，并且使劲捏住他的双唇，直到他把炸糕嚼完。我和妹妹从小培养出的默契在他面前展示了一把，他真服了我们。吃完了炸糕后，则易说他知道周大郢有条送公粮的船也来到了镇上，他去找找。

一会工夫他回来吩咐我们：“你们马上跟他们的船回去，这里的事交给我来办。”

我担心他晚上怎么办，但他不由分说把我们带到周大叔面前，拜托了之后，就回机房那边去了。

小雯感叹道：“则易专门跑十几里路来接应我们，责任心真强。”

“可他对我们没有任何责任啊。”我细品着则易的真诚和温暖。

我们上了船，一路顺风顺水。小雯又来了精神，硬要帮助周大叔掌舵、划船，忙得不亦乐乎。我们跟周大叔很熟，他也由着小雯捣乱，不去管她。走了一半的路程，忽然听见有人在喊：

"哪里来的人，干什么的？"

只见大河南岸堤坝上四五个戴着头盔、提着长棍的人正朝我们喊呢。这条大河是分界线，我们北岸属丰盛县，南岸属三江县。这喊声是来自三江县那边的。

听见喊声，小雯用不纯正的当地话回答道："北京来的，去周大郢。"

岸上的人立刻警觉起来，大声嚷嚷："有情况！怪腔怪调，肯定不是好人。快停下来，我们要检查。"

小雯不以为然地喊道："凭什么让你检查，我还想检查你们呢。"

周大叔赶忙制止小雯说："他们这些人是民兵，像疯子一样，惹了他们会被打得头破血流，不要理他们。"

但是为时已晚，岸上的人凶神恶煞地喊：

"要不乖乖停下来，抓到你们格杀勿论。"

我们感觉有些不妙，于是周大叔加快了船速。不一会就听见南岸堤内锣声大噪，喊声四起，很快又上来十几条大汉，边跑边骂，追逐着我们的船。真是始料未及，随意的一句搭话，竟惹出这种麻烦。

周大叔忽然向后一指："他们上船来追了。"

我们回头看去，几个拿着棍子的人跳上了一条小船，向我们划来。周大叔是远近闻名的船老大，当时的船速已是相当快了。但毕竟是运粮的大船，无法与小船相比，眼看两只船的距离越来越近，周大叔着急地向北岸大堤上张望着。

看见一对母女样的行人。周大叔大声喊住："你们路过周大郢吗？"

那母女回答："路过！"

周大叔说："这里出事了，赶快叫他们找民兵来救援。"

只见那个妇人把手上的菜篮往小孩身上一塞，拔腿就跑下大堤去了。这里离周大郢虽已不远，但是后面的小船离我们更近了。

我对小雯说，"要是他们上来，我们就跳下去，反正我们都会游泳，还能耗点时间。"

但是周大叔喝住我们："不行！你们穿着衣裳到水里，游不走！"

此时，北岸大堤内也是一片锣声喊声，一行头戴钢盔手提棍棒的大汉冲上了堤坝，其中有我认识的启中，知道是我们队的民兵赶到了。周大叔迅速将船靠岸，让我俩跳了上去，我本还想回头看看后事如何，却早被人拉着跑了很远。

有一段时间，当地流行起肺结核病，附近几个郢子不断地有人被传染，我们周围也有好几家人都患病了：小英子、启中和启堂。原来活泼好动的小英子一脸倦容，整天不声不响地在家里待着。启中每天发低烧，像个小老头似的，总是靠坐在椅子上。他们都很明显地消瘦了。这里看病打针都要去公社卫生院，离我们这儿有十几里路，他们每天早晚要往返两次，走这么多路怎么不瘦呢。肺结核本是个很消耗体力的病，他们又没什么营养补充，别说买点肉炖汤补补了，自家养的鸡鸭都舍不得吃一只。这么辛苦劳累，病情不见好转。我们看着他们又心疼又着急，心里琢磨着如果我们能给他们打针，至少他们就不用跑那么多路，可以节省体力了，打针应该可以学会吧。

小雯积极响应说："你在我身上练习，我在你身上练习，肯定能学会。"我写信告诉爸妈，他们不但支持，还很快寄来了一个包裹，里面是一个药箱，所有需要的打针、消毒器械一应俱全。更重要的是一本《赤脚医生手册》，它让我们知道了打针的准确部位和许多相关的医学常识，避免了错误和失误，真是太宝贵了。爸爸妈妈也一再嘱咐我们小心传染。我们立刻着手学习练习，相互在身上扎针，开始手劲不匀，深浅无度，我们各自都扎弯了好几个针头。可能是用力过猛或是扎到了骨头，疼得叽哩呱啦乱叫，扎针的部位满是针眼结痂。就这样觉得练习得不错了，就去找启中说明来意。

启中高兴得不得了，他说："你们尽管闭着眼睛扎，我们绝对不会说一个疼字。"他的话让我感动又心酸。

自此，我们出工前和收工后，每天两次去各家打针。开始只在李小郢里跑跑，后来附近郢子的病人听说了，陆陆续续都来找我们，我们不忍拒绝，也都一一答应了。这一下跑的路线太长，必须按区域分工，每天分头去各家，像赶集一样忙得不亦乐乎。结核病有特效药，所以治疗效果还是显而易见的。传染趋势逐渐降低，病人数量也逐渐减少。这样陆陆续续用了将近一年的时间，我们的病人基本都痊愈了，我们的治疗才告一段落。有那么多人因此受益，我们觉得太值得了。没想到这件事还传到了县里，县长也来看望过我们。更有趣的是，传闻越传越走样，后来居然有疑难病患者找上门，硬说我们能"妙手回春"，又可笑又惭愧。农民因缺医少药而备受病痛折磨的状况让我们非常难过。也因此我们凭借着《临床医学问答》《农村医生手册》等书籍，多多少少帮上了一点忙。直到我们离开之前，一直都有病人上门求医问药。

我们的结核病人经过打针吃药治疗基本都痊愈了，只有李三叔的儿子启辉和女儿菊英两个人病情一直没见好转。治疗几个月症状没有彻底改善，我们觉得这事不能耽误，建议他们去合肥市医院看看。他们答应了却不见动身。后来得知他们从来没去过合肥，也没在大医院看过病，不太敢去。于是我和小雯决定送他们一趟。

　　我们打算先搭周大叔的船去镇上。从镇上再步行 60 里到县城，然后再乘长途汽车到合肥市。出发那天因为是逆水而上，周大叔升起了船帆。帆有一大两小，根据风向调整帆的方向和相互之间的角度配合。除了正逆风，都可以借助到风力。我第一次看见调整风帆的方向而显现出的奇妙效果，大大惊叹前人的智慧。我们行走了一大半路程，刮起了大风，偏偏就是顶头风。本来就已经是逆水，再遇上顶头风，行船就很困难了。周大叔迅速收下了船帆，吃力地划着船，但是我发现船很难前进。我知道这个时候应该拉纤，可是周大叔要划船、掌舵，启辉和菊英又是病人，只能我们俩上了。

　　周大叔不同意："算了，你们两个管什么用！"

　　"怎么会没有用呢，总能加两个人的力量。"我们一再坚持，大叔答应了。

　　他让我们把鞋袜脱掉上岸。我心里纳闷，干嘛不让穿鞋呢，那样多扎脚啊，当然也没敢说什么就照办了。我们跳上河滩，各背上一根纤绳，我在前小雯在后。

　　我对小雯说："我喊一二三，咱们俩一起用力。"可我那"三"字音未落，我们俩齐刷刷仰面倒地，是被船向后拖倒的，船上三人哈哈大笑。我们俩赶紧爬起来马上又拉上纤绳，就像"蚍蜉撼树"根本无济于事。这时启辉从船上下来，详细给我们讲了要领，原来人要站成与地面 45° 角以内。双脚死死把住地面向后蹬。那个搓劲非常大，这才明白穿了鞋袜，脚是抓不住地面的。启辉背上了一根纤绳，要带着我们一起拉起来。突然周大叔一声号子破空而出，把我们的力气全带了出来，我俩终于使上了劲，跟随着号子竟然拉着船顺利前行了。那号子当然没有"妹妹你坐船头，哥哥我岸上走……"那么好听，都是"嗨呦、哈呀"一类的吆喝，但就是很给力量。到现在我也不明白号子的助力效果为何那样神奇。

我们大约拉了五六里路就到了镇子。很少看见周大叔汗流浃背气喘吁吁，知道刚才他是费了九牛二虎之力划船的。我们虽然也已全身湿透，脚底下被划得乱七八糟，但我们的力气还是有限，没有帮上太大的忙。可是当大叔夸我们说"如果没有你们俩，现在还不知在哪呢"，我们听了还是挺高兴的。

告别周大叔，我们买了一包饼干，准备向县城进发。我们打算 60 里路分两天走，当中在启辉的亲戚家住一晚。这条路经常有过路的拖拉机，运气好能搭上车。这时我和小雯脚底开始疼痛，我们把袜子脱下叠好放在鞋内，把手绢也加上，觉得软一点。我们不时地换用脚外侧一瘸一拐向前走，启辉菊英身体虚弱也走得很慢，四个人忍着劳累与疼痛仍是有说有笑。

眼巴巴看着过来的车辆，不是有满满的货，就是有满满的人，都上不去。此时天空下起蒙蒙细雨，我们没有带雨具，只能是雨中慢行了。不过此时正是"沾衣欲湿杏花雨"的季节，凉而不寒。几个人边走边吃着饼干，渴了就到老乡家要点水喝。硬是走了 30 多里路，到了启辉亲戚家才歇下了。

第二天的路才走了不远，就幸运地遇上一辆空车，带我们到了县城。然后转乘长途汽车，我们顺利到达合肥市。

我们直接来到了市立医院，挂号看病拍了 X 光片，医生说他们肺部已有空洞，需要住院治疗，用中西医结合的方法可以治愈。这与我们之前的判断差不多。我和小雯要分头去了解治疗方案及办理住院手续，所以嘱咐启辉去买点吃的，我把他带到汽车站，告诉他往前坐两站下来，就是商业区，买好东西就赶快回来。我们与大夫交换了信息，问清楚如何治疗，大约需要的费用等等。一切办妥后，仍不见启辉回来。我着急了，忙跑到马路边张望。正看见启辉急步走来。

还没等我开口他就问我："我买好东西在车站等了好长时间，怎么只有去的车，没有一辆回来的车？"糟糕！我没有告诉他回来的车要过了马路去乘。我没想到这个常识他是不知道的。真是对不起他。幸亏他还比较灵活，沿着马路走回来了。有了这个教训，我仔细把相关的事情都写在纸上，又带他们去周围熟悉了环境，交代清楚后才与他们告别。

这时小雯流着眼泪跟我说："姐姐，我的脚疼极了，我走不了了。"其实我的脚底也扎心的疼，刚才根本顾不上管它，现在疼得难以忍受。于是我们俩都在医院里消毒包扎后，就躺在候诊室的长椅上歇了一夜，第二天清晨开始返回的路程。

相处的时间长了，我们与郢子里的人们越来越亲近。几乎所有的人家都跟我们打了招呼："你们想吃谁家园子里的菜，就去拔，想拔多少就拔多少。"每当我们的家信送到时，无论是谁拿到，都是当众撕开，大声朗读，完全没有隐私的概念。即使正在干活，也会停下工来嚷嚷着："快点念！快点念！"因为在信中常常能听到他们的名字，讲到他们的事情。他们会一起议论着这些事，一起笑谈着这些人……家信不仅是我们的期盼也成了他们的期盼。我们一点也不在乎什么隐私，反而觉得他们好可爱好真诚。

当二婶提出让我们教小英子和小闹学文化时，其实我们已是心有余而力不足了，日复一日的农活对于我们来说实在是太繁重了。每天都是腰酸腿疼筋疲力尽，晚上洗洗涮涮忙完家务后就想躺下休息了。可是想想这些孩子赶上这个时代，没有学可上，连字都不认识，将来可怎么办呢？这个运动也不知搞到哪年哪月，现在不赶紧补救一下，将来真成了文盲再学也不易了。实在不忍心拒绝他们，我们就答应二婶照办了。结果郢子里其他孩子也跑来凑热闹。我们想想这是件好事，咬咬牙全收了。因为孩子多了，我们开了个两个小课堂，分别教他们语文、算术、常识……来参加学习的小孩为分班还争争吵吵，喜欢上我这班的孩子多一点。

有一天小雯自作主张地宣布要加外语课了，并且说我教俄语她教英语，以后就根据外语分班。

小雯对着孩子们说："我把两种外语都念一下，你们喜欢哪国的就上哪个班。"小孩子都拍手欢迎。只见小雯满脸堆着笑容，用极其温柔的声调缓缓念道："five。这是英语的'五'。"然后一脸严肃使劲从唇间弹出一个词："比阿基，这是俄语的'五'"。

孩子们立刻叫喊起来"不好听！不好听！"随着喊声一大半孩子都涌到她身边去了。她挑着眉毛不无得意地朝我摆了两下头，心满意足地哄那些孩子去了。学生多了批改的作业就多，辅导的时间就长，没几天就看她一副有苦难言的样子，猜她后悔莫及。

公社里每年组织一两次毛泽东思想宣传队汇报演出或比赛，我们大队有我和小雯两人的表演，每次必获头奖。后来参加全县的汇演，公社让我们俩全权负责整台节目，我和小雯策划了由小话剧、舞蹈、独唱、乐器演奏等组成的一套节目。演出那天，最出彩的就是小雯，她背着手风琴上台，自拉自唱，歌声一出全场掌声雷动，再看她双手在琴键上左右飞舞，歌声琴声完美融合，台下的人未曾见过这样的表演，瞬间沸腾了，一首接着一首，她根本下不了台，等她唱完第八首歌后，负责人不得不以关灯来平息掌声。我也跳了一支芭蕾舞剧"白毛女"中的"红头绳"，会场后面的人纷纷站到了椅子上看，一支舞跳完掌声未停。

我们刚演完两个节目后，有一个女孩迟迟疑疑地走到我们面前。

她怯生生地说："我们的节目没有伴奏，你们能帮忙给伴奏吗？我们表演的都是'语录歌'和'忠字舞'"。当时，我们对革命歌曲都熟透了，没有不会的。小雯一口答应了。那女孩一转身，开心地尖叫着飞奔而去。没想到一会就传开了，说我们能帮助伴奏，还特别好说话。一下子各公社的人把我们围了起来，纷纷要求帮忙伴奏。他们演出的曲目大多数是革命歌曲，也有几个当地的戏曲和小调。

我说："歌曲没有问题，戏曲和小调我们没有听过，现在也来不及排练...."

我话没说完，小雯打断我说："你们让演员赶快来一下，我试试看吧。"

我担心地问她："马上就要上场，怎么可能呢？别把人家的节目搞砸了。"

这时一个女孩跑来说是唱"庐剧"的，小雯让她唱，自己拿着笔在纸上飞速记录着。

那女孩唱完，小雯放下笔说："你听一下有什么地方不对，我再改。"便拉起了小提琴，直到拉完。

"全对！全对！"女孩和旁边几个人又是拍手又是跳。居然分毫不差，连我都惊住了，没想到小雯还有这个能耐。小雯朝我挤了下眼睛，洋洋得意。于是就在节目间隙，把几个戏曲也搞定了。他们上场演出的时候，全是小雯一人伴奏。根据曲调风格不同她分别用胡琴、月琴、小提琴、笛子等给他们配乐。完美呈现了每一个她参演的节目。把台下的人看得惊喜万分，也佩服得五体投地。每年全县的文艺汇演我们公社总能拔得头筹，载誉归来。

之后，我们无论是上集市、去镇上还是逛县城，总有孩子追着我们喊"北京学生"，有时候把我们拦在路上让我们唱歌，小雯本来就大方爽朗，她很乐意地张嘴就唱，有时候孩子们把我们带到学校门前的小广场，和路人一起围着听我们唱歌。后来，我们居然在十里八乡小有名气了。

后来农忙的间隙，公社也会组织我们去各大队宣传演出。渐渐地我发现在各处的演出会场都很少见过有五六十岁以上的老年人。他们不爱看演出？不带他们看演出？再一想，我们郢子和周大郢、蔡小郢根本没有老年人，太奇怪了，难道农村人的父母不跟子女住在一起吗？想到这个问题就去问了李二婶。没料到听了我的问话，二婶眼圈一红就流下了眼泪。我正不知如何是好，她伤心地叙说起来："你知道有三年饥荒年吧？上面说是自然灾害，可是那几年老天爷可保着我们呢。早稻晚稻都是大丰收。你不晓得我们有多喜庆呢。可是那群干部吹大牛，说我们一亩地的稻子收成能上万斤，可是真能收一千斤就了不得了，就这样吹牛呢，上面还真信，有领导来参观的时候，就把后头地里的稻挖出来挤到前面的地里埋上，领导看一看满意地走了。结果下达的征收公粮指标就按亩产八千一万的比例收缴。大丰收的粮食全缴了公粮，我们还吃什么？……"

我吃惊地打断二婶问道："上面领导管农业的也不知道这个数字有多离谱吗？"

二婶恨恨地说："怎么不知道！上面喜欢听成绩就胡吹呗，还互相比着吹牛，又没人管没人问……"

我再一次打断二婶急切地问："你们辛苦种了一年的粮食竟然饿肚子？地里长着粮食你们为什么不吃呢？"

"谁敢啊？小闹他大伯实在饿得不行，偷偷跑到地里搓了麦粒往嘴里塞，被人抓住吊起来打，没几天连饿带伤就死了……"二婶说不下去，使劲擦着眼泪。

我按捺不住怒火："这些当干部的就眼睁睁看着人家饿死吗？真是畜生都不如！"

二婶喘了口气接着说："过去遇上灾年吃不饱肚子还可以出去要饭，总能熬过去的。可那会儿有政策，不许外出要饭，说是给国家丢人。干部派人把所有的路口都把住了，不让出去要饭就只能饿死了。那时候还有规定，所有的人都不许在自己家做饭，必须去人民公社大食堂吃饭，每一天在食堂领到的是稀得不能再稀的稀饭，年轻人吃不饱还要干活怎么受得了？父母就把自己的那一口省给孩子了，父母就这样活活饿死了。当时，这些人就是站着站着走着走着倒地上就死了，那时候就叫他们'路倒'，你去问问哪个郢子没有'路倒'？"

她愤愤不平地接着说："现在说给城里人听，他们都不相信，今天是你自己看出来了，我们这里没有老年人，要说是老死是病死吧，也不可能这样齐刷刷的都死了吧？"

我听着这样的经历，对着二婶，也是对着自己喃喃地说："你们就是这段历史，我们也算是见证了这段历史。"

我们这里秋收后先要把国家征收的公粮全部交齐，剩下的才是全体农民的口粮。口粮是根据收成来定量的，并且要用工分换取，往往干一年的工分还不够换自己的口粮，就需要卖猪、卖鸡鸭，卖纱线，卖土布，得来的钱再买口粮。这里的男人干一天记10分工，女人一天记6分工，我们一天记4分工。按说有"同工同酬"的规定，我们也应该是6分工，但是队里只给我们4分。我们原打算跟队里争取一下，但是爸妈来信说："你们那里是地少人多。你们想想，生产队的农田面积是固定的，产量也基本是一定的，你们去了分人家的收成，他们分的就少了。就好像一张饼本来分给十个人，现在要分给十二个人，是不是每个人分少了？他们是有损失的。你们应该明白是他们用那点土地养活了你们，你们要有感恩之心。不要跟队里计较了，尽量自己解决自己的问题，别给队里添麻烦。"

小雯不解地问我："我们也干活了啊，怎么是分他们的收成呢？"

我解释说："我们俩是干活了，可是队里这块田也不会多长两个人的粮食啊。就算再来一百个人干活，这块田也只能收这么多斤稻子，不会多长出一百个人的粮食吧？所以还是我们分了他们的收成。"小雯似懂非懂地不再说话。我明白了这个道理，再也没有去争工分了。

全年下来，尽管我们两人很努力干活儿，连三分之一的口粮都难挣到，不足的部分就要交钱去买。我们没有分到自留地，也不会养猪养鸭。所以还得靠爸妈寄钱给我们买口粮。自从来到农村以后，我们的饭量就渐长，可能是因为很少吃肉，长年吃的最多的就是咸菜，所以粮食也不敢敞开吃。"文化大革命"开始后，爸爸的工资就停发了，每个月只给他12元生活费，爷爷奶奶、外公外婆都要奉养，全部支出都靠妈妈的工资。所以我们总想着赶快自立，减轻他们的负担。

由于我们对乡村环境稍加美化的描述，以及乡亲们对我们真真切切的关照，爸妈都很向往这里，也愿意举家迁到农村生活。

爸爸还兴致勃勃地说："我到你们那里教小学应该没有问题吧？"

其实听他这么说，我的心酸酸的，这里没有小学开学，哪里有岗位呢。就算开学，需要安插的人多着呢，也是轮不到他的。一个大学教授连教小学的愿望都是奢望啊。

我们常常想念爸妈，担心爸妈，不知他们后来又遭受过怎样的磨难。不知他们的精神能坚持到哪一天，不知什么样的结局等待着他们。我们想尽快让他们彻底脱离那个可怕的地方，退职来这里和我们一起生活，日子苦点没关系，能过上自由的生活就好。我开始打听砖瓦木料的价钱，计算着盖房子的花费。

我们现在挣的工分连自己都养不活，更别说养活爸妈了，单凭体力劳动我们是没办法实现理想的，要找其他的活计。则易给我出过一个主意，他说公社那边有一个裁缝生意很好，方圆几里的人都找他做衣裳，足不出户就挣到钱了，生活过得不错。则易说："像你这么聪明的人，不学则已，一学肯定是最棒的。"我也这么认为，这个建议我很喜欢，我就请则易在公社或者去县城时帮我看看，有没有裁剪方面的书买回来，让我赶快学习。我期盼着学会裁剪当一个裁缝，尽快实施我解救爸妈的计划。

过了好长一段时间，则易告诉我，哪儿都买不到裁剪书。他递给我一个很重的大本子说："实在买不到，我就想借一本，可人家说还要用，我只好一有空就借来抄，现在全本抄下来了，你先看着吧。"我翻开厚厚的大本子，里面是一丝不苟的文字，有工工整整的配图，还有仔细精准的尺寸标注，旁边用线绳订得结结实实。我心中感动至极，嘴上说了无数个"谢谢"，可这岂是"谢谢"二字所能承载的，从他随意地递给我这本书，到他说话的口气平静如水，清淡如云，我看到的是真诚热情明澈如水的一颗心。

自从看见则易家的书后，我就一本接一本地借来读，即使则易不在家，我也是随意进出。老姑（则易的母亲）对我们很好，经常帮我们腌咸菜、做糯米菜丸，我们也帮她纳鞋底，水磨米粉，来往自然很多。由于老姑长得漂亮，我们几次拉她去镇上照相（想给爸妈看看，给亲戚朋友显摆显摆）但她都不肯去。她为人温和亲切，话语不多，很少见她到别人家串门。就是晚上大家围坐在门口闲聊，她也是静静地听着，不太插话。老姑常常抽空帮助那些孩子多的人家纺纱、做鞋子，所以人缘很好。她是少数不下田干活的妇女，因为则易在公社工作能拿到一份工分，在家干活也能有收入，老姑养了猪和鸡鸭鹅，自己也是纺纱高手，她纺出的线不但细而且均匀，卖的价钱最高。两个人的日子过得还不错。

由于则易大部分时间在公社，回家下田干活的时间不太多。小英小闹总喜欢和别的孩子一起去打草、抓鱼或游水。所以在白天，我们这一排房子的大人都下地干活去了，经常就是我和老姑两个人在家。我们两家相连，我的床与老姑的厢房只一墙之隔。由于是土墙，布满了裂缝，所以不经意间也能听到隔壁的声音。平时我一人在家，挑水、洗衣、做饭、纺棉线，休息时就喜欢躺在床上看书。偶尔就会听到老姑的说话声，却从来没有听到过别人的声音，有时也会奇怪老姑在跟谁说话，但并没有在意。

有一天，我去换书，径直走进则易的房间，当老姑跟进来的时候，她的神情让我一愣，她一脸的尴尬，说话语无伦次。我不知什么原因，拿了书便走了。类似的情况后来还遇到过两次，我有些奇怪，就跟小雯说起，她不以为然地说我"神经过敏"。直到有一次，我把纳好的鞋底送去给老姑，刚进门就看见老姑和一个男人站在厢房门口说话，看到我进来他们忽然慌张和局促不安起来，那样子让我也感到很不自在，我把鞋底放到桌上，一句话没说便走了。回到屋里我又很后悔，觉得自己的举动让他们俩更加尴尬了。那个男人我认识，是蔡小郢的人，听说他很年轻时就外出做生意很少回家，现在有钱了雇了帮工，自己倒是常回来了。因为他衣着打扮与众不同，所以我早就知道他。

一天下午，隔壁传来激动的说话声，虽然压得很低，但能听出是老姑的声音。我在洗衣服，只言片语断断续续传入了我的耳朵。

"你去娶城里人吧！看你有什么好日子过！……我还一直等着，你有没有良心？……你看我敢不敢……"接着还听到呜呜的哭声，这声音持续了很长时间。

那天大家收工回来直接来我们仓库开会，吃过晚饭就洗洗睡了。

没想到的事情发生了。第二天一早，我们被嘈杂的人声吵醒。赶忙起来跑出去，看见七八个人围在则易家门口，说是老姑死了。我不相信会有这种事，冲进屋里，只见老姑躺在床上，则易趴在他妈妈身上，哭喊着"妈妈，为什么！为什么！"老姑真的喝"敌敌畏"自杀了。年纪轻轻就这样走了。

郢子里人来人往，乱乱哄哄。一会工夫，相邻郢子的人也跑过来围观，屋前屋后挤满了人。没有一个人知道原因，纷纷猜测着议论着。二叔一边驱散人群，一边指挥着亲戚帮着则易料理后事。

老姑是我和小雯都喜欢的人，她总是那么温和善良与世无争，尽自己的能力帮助每一个她可以帮助的人。可命运却让她如此地离开了人世。那双会笑的眼睛永远地闭上了。则易在这个年龄遭受父母双亡的灾难。这个晨光带走了他幸福的家，从此凄风冷雨，无依无靠。上苍为什么要如此这般对待他们啊？我仰望浮云，满脸泪痕。

小雯问我知道原因吗，我点点头，她便追问起来。我转念一想，事关老姑的清誉，则易无忧无虑地生活，而小雯平时说话太随意。我就改口道："瞎猜呢，不清楚。"她再问我也不回答了。

可是就这样，小雯还是在启中的询问下，神秘地说："我姐姐知道。"

很快李二叔把我叫去，让我说出原因，我否认知道内情，不管他怎么问，我只是回答"不知道"。没想到此事并不算完，公社陈社长亲自来到我们郢子，把我单独带到大堤上坐下，讲了诸如"要对党忠诚""我是代表组织来的"等等的话。我觉得老姑的自杀无关别人、无关社会，所以我一再地回答他，"不了解情况""不知道原因"。谈了很长时间，我始终没有松口，结果不欢而散。

一个善良的女人为什么不能来的漂亮走的也漂亮？一个无辜的儿子为什么要蒙受闲言碎语的打扰？我希望走的人安详，活的人快乐。

回味那些点点滴滴的片段，或许能串起老姑离世的缘由。她一定记住了相爱的时刻，她一定走过了甜蜜的思念。一个春宵的轻梦在她心中收藏。可是期盼的美景瞬间变成了荒漠，她便随着那春宵的轻梦一起飘然而去，带了她的寂寞和美丽走了。

则易一直闷闷不乐，少言寡语，虽然大家都很关照他，但日子过得还是很困难。他妈妈在的时候，家务事从来不要他管，整个家里料理得妥妥帖帖。现在他要从头学起，家里家外一个人忙，眼看他的家里零乱了，眼看后院里的园子菜少了草多了，鸡鸭跑丢了……我跟小雯商量，反正我多做一点饭也无所谓，让则易在我们家搭伙吧，妹妹完全赞成。开始则易不肯，我们反复劝说，他最终被我们的真诚打动。只要在郢子，他就在我们家吃饭，自己不用烧火了。有时我也帮他洗洗衣服，收拾后院。他总会帮我们挑水打草，有时还会抓条鱼回来改善伙食。日子过得其乐融融，则易的心情也渐渐恢复了过来。

有一天，我请则易顺路帮我取回在镇上照相馆拍的照片，他取回来递给我的时候羞涩地轻声问道："真好看，你能送我一张吗？"我没有答应，是觉得把照片送给男孩子不合适。可是回到屋里思来想去，也很想送给他。于是就在还书给他的时候，我悄悄把照片夹在了书中。一会儿则易举着那本书跑到我门前跳起来喊道："我收到啦！"看他意外惊喜的样子，我也有说不清的快乐。

后来在则易的屋里常能传出那首《九九艳阳天》的歌声，我知道他的心情好起来了，我便在我的屋里和他对唱，从两个窗口流出的歌声含着笑合二为一，摇曳在悠悠的轻风里，那种美妙的感觉荡漾在心中。

　　每年春夏之交鱼儿洄游，大河里经常有人捕鱼。一天，我愣愣地站在堤上，看着河里有一个人坐在腰盆里捕鱼。这种腰盆就像我们家里老式的木制洗澡盆，大小也差不多。盆边昂首挺立着三四只鱼鹰。只见鱼鹰一个猛子扎进水里，再上来时，嘴里已含着一条鱼，它张嘴将鱼丢在盆里。几只鱼鹰七上八下的，一会工夫就捕上了不少的鱼。我看得入了神。则易上来见我这模样，笑着说："你傻不傻啊？"我奇怪地问他："鱼鹰为什么不把鱼吃掉而吐出来呢？这不符合动物本性啊？"则易笑而不答，拉了我下大堤回去吃饭了。

　　第二天，则易从周大叔家借来一个腰盆和两只鱼鹰。他说要带我去抓鱼，我高兴极了。这个腰盆比一般的要大很多，是椭圆形的，据说这种是正宗的，因为形状像猪腰子，所以叫"腰盆"。

　　他警告说："这个盆虽然比较大，但是上去两个人还是很危险的，你一定要小心。"我大不以为然。

　　"想当初，我在北京颐和园横渡昆明湖时，水面比这里宽多了，绝对没问题的。"我自豪地说。

　　我以最快的速度做完下午的家务活儿，和则易一起带着两只鱼鹰提着大腰盆下了河。大河水位很低，两边露出了浅滩，水流也很缓慢。我俩进了盆里，觉得有点挤，从来没有挨得这么近，我们俩都有一点尴尬，不过很快就忘了。鱼鹰比乌鸦大，满身黑黝黝的羽毛，嘴是黄色的，有二三寸长，尖部还有一个小钩钩，叼到的小鱼正好装在嘴兜兜里面。我兴致勃勃地看着鱼鹰的每一个动作，发现根本不用操心，它们本能地上下忙碌着。只要水中有鱼，一定是有收获的。但我还是不明白鱼鹰为什么自己不吃，如此舍己为人，大公无私呢？则易知道我的疑问，他抓住一只鱼鹰，用手分开它脖子上的羽毛，就看见一条绳子系在上面，勒住了脖子，原来它们想咽也咽不下去啊。

我反感地喊道："太残忍了！"

大概是吓到了鱼鹰，它突然猛扇翅膀，正打在我脸上，我本能地一躲，盆一歪我摔进了水里。很快被河水冲开，这突如其来的落水，我完全慌了手脚，哪里还有什么蛙式、自由式，乱七八糟拍打着挣扎着，几口河水已经下肚了。只见则易迅速翻身下水，一手握着盆边快速游过来，将我拦腰围住，我一把勾住了他的脖子紧张得不敢放开，他把我和盆都带上了河滩。坐到河滩上，我的胳膊还紧紧勾在他的脖子上，浑身发着抖。他把我的手臂拿下来，让我靠在他的胸前，他没有说话，只是安静地坐着，很快我就平静下来。开始觉得很丢人，但是过了一会又觉得这样很惬意，不想说话也不想动。河水轻轻地从脚边流过，周围是淡淡的绿草香气，柔和的夕阳正洒在我们身上。我听见他的呼吸，感觉他的心跳，触到他的体温，我感到温暖和舒服，我的心变得饱满和快乐，我抬起头看他，他把包含在眼光中一种说不明白，却又能感知到的，最光亮的东西，轻轻放进我的心中。

过了没多久，公社传来了一个好消息，有几所大学要试招"工农兵学员"了。让各大队根据分配的名额推荐人选。我们大队有一个名额。突然之间我们李小郢来了五六个从来没有见过的知青。据说他们的确是李小郢接收过的学生，都是本县和镇上的人，他们从来没有来过生产队，这次是为了大学名额而来。因为小雯年龄小没有达到推荐标准，所以不在被推荐之列。按程序是贫下中农小组推荐名单与知青小组推荐名单一起上报。我参加过一次知青组的讨论，完全是无聊的互相攻击，我一言未发，此后也不再参加这种会议了。但最后出乎意料的是两个小组推荐的人都是我。生产队的推荐在我意料之中，可是知青组的推荐倒叫我摸不着头脑。

但是我决定放弃上大学。

我对小雯说："爸爸妈妈通今博古、学贯中西，落得如此下场，我们为何还要步他们的后尘呢？做一个普通百姓过着像现在一样的生活，不就行了吗？"

小雯不以为然："有知识总比没知识好吧？我将来要当科学家，以后一定要上大学。"但我决心已定。

其实，我做这个决定并不困难，小雯不能走，我怎么可能离开呢，我和她是相依为命的，也唯有这样，才可以让爸妈放心。是的，我知道还有一个思量在我心中：我想成全则易，让他圆了大学梦。现在名额属于我，如果我要让给谁，应该是有主动权的。

我找到二叔，说明我要把名额让给则易。

二叔说："他不是下乡知青，不能去吧？"

我把抄下来的文件拿给他看，人选资格不但包括下乡知青还包括回乡知青。二叔听了可高兴了，问我是不是考虑好了，我告诉他我决不反悔。于是他带着我去大队更改名单，获得许可后又前往公社，我们找到公社书记，说明来意，书记听说我要把名额让给回乡知青，喜出望外，那份满满的感动和感激溢于言表。他说过两天就给我批复下来。出来后我让二叔先不要告诉则易，免得他跟我推让。一路上我想象着则易手拿着录取通知书，怀揣着美丽的憧憬，昂首挺胸迈进大学校门的样子，心里美美的。

晚上我躺在床上，想到从小的志愿，想到真的与大学无缘了，眼泪还是流了下来。

南方的夏季炎热憋闷，若是能下几场大雨，那可是件惬意的事情。但是如果大雨下个不停就要担心了。我们这里半个多月连连大雨之后，门前的大河水位暴涨，本来在河滩上种植的玉米小麦渐渐被水淹没了，抽水机房也深陷水中。平时感觉那么高大的堤坝这时却没有了安全感。据天气预报说，大雨还将持续，涝灾不可避免了。过了没几天就传来上游大堤决口的消息。公社迅速成立了防汛指挥部，组织了抗洪抢险工作队，则易被编入队里，每天巡视大河沿线，传递着汛情和上级的指令。那时没有通信工具，只能像接力赛一样，一棒一棒往下传。

大雨还在继续下，河水还在继续涨，黑灰色的天空让人窒息，整个郢子全都安静了，大家的心情都很沉重，巴望着老天爷能给我们一个朗朗晴天。偶然一次的雨过天晴，会给人们带来巨大的欣喜。可是过后的失望又把心情压得更重更沉。在一个无雨的傍晚，我一个人走上大堤，看到的河水让我大吃一惊，仅仅二十几天工夫，完全是另一番景象了，水面宽了一倍，离坝顶已不足2尺，水势汹涌，滚滚而下，上面漂浮着席草、木料、家具、死禽，这些都是上游破了圩，被水冲毁的家园……河滩上的机房只露出屋顶，周边的树梢在水面上随风飘摇。再回过头看郢子里面灯火昏暗，鸦雀无声，满眼凄凉，一阵恐惧袭上心头。

第二天一早就有工作队员在大堤上边跑边喊："上游水库要开闸放水了，我们的大堤保不住了，大家赶快撤离啦。"

最怕发生的事情还是降临了。整个郢子躁动起来，大家惊慌失措地跑来跑去，互相转告着消息，商量着逃难的去向。则易赶回来告诉我们，这是50年未遇的特大洪灾，所有的人必须撤离。他与二叔简单交谈了几句后，要我们一切听从二叔安排，就匆匆消失在大堤尽头。

二叔对我说："这一淹，短时间回不来了，我们各家去投奔自己的亲戚，你们没地方去，就跟着我家走吧，带上换洗衣服和一床被就行了，要挑着行李走几十里路呢。"

小英子和小闹听说带我们一起走，高兴得直跳。可是大人脸上却没有丝毫喜色。

二婶沮丧地嘟囔着："又要开闸放水，一闹水灾它就开闸，旱了又不舍得放水，每年都抽调人去修水库修水坝，治了不知道多少年了，什么灾害也管不了，还火上浇油……"

听着二婶的抱怨，我的心情也是七上八下的。小雯没心没肺，看见大堤上有个老乡把扯下来的香瓜不管生熟便宜卖了，她便率领着小英小闹冒雨上去，三个人戴着大斗笠围蹲在香瓜筐边大吃起来，远远看去像是三朵大蘑菇。她招呼我也上去，可这种时候我哪里吃得下，也没工夫搭理她，忙着帮二婶家收拾行李。我心里想着不能给人家增加负担，应该带点粮食去，最好是带炒熟的麦粒，可以直接食用。

我问二叔："我现在去'大兴集'的粮店买一点麦子回来，带着上路行不行？"那时只有我们知青可以在粮店买一定量的粮食。

二叔考虑了一下说："水不会这么快就下来，你快去快回还可以。"

我也思忖着说："从通知开闸放水到人员撤离干净，应该留有足够的时间吧？我现在就去，你们一定等着我回来啊。"

　　我跑去跟小雯说："我去买点粮食马上就回来，你千万不要乱走，一定在二叔家等着我，跟小英小闹别分开啊。"她一边吃着香瓜一边点着头。我拿了两个书包穿上雨衣就飞奔而去。'大兴集'在巢湖旁边，沿着大堤走就可以到达。这七八里路我连跑带走，雨合着汗全身湿透了。来到粮店，里面的人不算太多，不到二十分钟我就买好了。20斤小麦装在两个书包分别斜挎在肩膀上，走出粮店上了大堤。我惊呆了，大河里的水已没过了大堤，向堤内流去，近处的田已经被水淹没，庄稼全都倒伏泡在水里了，在我眼前一片汪洋，一切都晚了。

　　难道水库已经开闸放水了?！突然，我像疯了一样，甩掉凉鞋扯下雨衣踩着水拼命向来路狂奔而去，就听见后面有人大喊"不能走了，大堤会决口的！你要被冲走的！"我什么也不顾了，只想着小雯还在等着我呢。我后悔极了，我后悔不该来买粮，我为什么要买粮！我为什么在生死关头要离开小雯……我知道这里的地势比李小郢高，那边肯定是进水了，会不会已经决堤了？小雯会不会被水冲走了？会不会淹死了？我还能不能见到小雯了？满脸的水也不知是雨还是泪，让我的眼睛都看不清了，脑子里全是一幅幅的画面：小雯从地里收工回来，还抢着帮我挑水干重活，每每吃到好东西总要强行塞进我的嘴中，小小年纪在田里插秧、收割……

我突然觉得那么对不起她，我一点都没有保护好她，我突然觉得我是那么坏的姐姐，该死的是我……我号啕大哭起来，任由暴雨冲刷，任由河水飞溅，脚下机械地迈着大步，飞奔在大堤上。

到了李小郢，看见的情景让我的汗毛直竖，心立刻揪在了一起。整个郢子空荡荡的没有一个人，我们家的房子一扇外墙已经坍塌，河水已经漫过大堤流向田里。小雯哪去了？所有的人都哪里去了？我大喊着"小雯"冲进家里，突然听见小雯答应，顺声音看去，她正在门前不远处的一棵大槐树上坐着。我跑过去一看，小雯抱着暖水瓶坐在上面，满脸泪水地抽泣着。树上用木板木棍搭了个平台，下面还拖着一条草绳编的梯子。看见了小雯，我狂喜地爬上去，抱住她的脸狠亲了一阵。小雯也破涕为笑。一颗心总算落了地。小雯马上叙述刚才发生的事情。

小雯说："你走了没一会，则易就跑回来跟二叔说路太远了，咱俩肯定走不动，挑着行李也赶不上大家的速度，干脆让咱俩别走了，他说公社的救生船马上就要派过来了，先在树上待着没问题，水淹不了太高，这棵树大，一时半会也倒不了。他一定会回来救咱俩的。然后他和二叔在树上搭了这个台子就走了。郢子里的人很快都走光了。"

听到这儿，虽然不像刚才那么恐惧，但是水火无情，只剩下我们两个人在这里如何是好，心里依然焦急万分。坐在上面左思右想还是后悔去买粮食，如果刚才我在家，不会同意则易的安排，把我们两人搁在这空旷的大地上，藏身在老树中，我们如何应付未知的洪水，我们如何寻求外界的帮助，这种混乱时刻，则易本是身不由己的人，如何能掌控危难时刻的调度，救生船不来怎么办？我们的生命像是被一根细细的线牵在他的手里，实在是太冒险了。

天色渐暗，风也大了起来，我们随着树干一起摇摆，心脏被哗哗的流水声击打着，一分一秒地越缩越紧。眼看着重重的暮色压向我们，在黑沉沉望不到边的旷野上，目之所及没有一盏灯光，没有一个人影，没有一丝生息，只有我们两个人惊骇地等待着命运的安排……我们两眼紧盯着下面的树根，生怕它在哪一刻会突然倒下去。也不知道哪一分钟洪水轰然破堤冲向我们，极度的恐怖使我紧紧抱住小雯，心里喊着"爸爸妈妈！怎么办啊？"

我们看着河水从树下流过。心脏一直悬吊着。突然，远处传来了说话声，抬眼看去一条很大的篷船驶过来，在大堤外停了下来。

一个人喊着我们的名字"辜予！辜雯！……"

我们忙不迭地答应，由于过分激动，声音发抖，太阳穴嘣嘣直跳。他叫我们去上船，我们立刻拿起两包小麦，提着暖瓶蹚水过去。此时的大河水面与堤面平齐了。踏上船舨的那一刻，我们长长地吁了一口气，悬吊的心终于落了下来，顿时觉得筋疲力尽浑身酸痛瘫坐在船舱里。船上有一男一女，是渔民夫妇，据他们说，是公社书记派他们来接我们的。我问他怎么知道我们在这里，他说是工作队一个小青年告诉他们的，并说："他叫你们一定不要下船，等着他来找你们。"

啊，是则易！在这一片纷乱之中，在这样的紧急关头，他居然分毫不差地兑现了承诺。想到刚才对他的不放心不信任，一阵愧疚和自责。

直到这时，我们才感到生命终于有了保障，很快就在舱底熟熟睡去。等睁开眼的时候已是第二天中午。看见船仍在郢子附近，才知道这条船就是负责这一区域的救援工作。河水没有再涨，我们稍微松了一口气。听船老大说，上边有一处大堤决口了，水泻了出去，所以这里压力减小，保住了我们的大堤。

眼前的房屋没有全塌，但是大雨滂沱，已把它们冲刷得斑斑驳驳。我们的庄稼全都被淹了，一年的辛苦都付之东流。大河里漂浮着家具、木料、鸡鸭，还有床板上捆着的猪……，被汹涌的河水卷携着冲向下游，这些东西哪一件不是他们的心血，哪一件不是他们的积蓄，辛辛苦苦营造的家园毁于一旦，不知他们要怎样艰难度日，才能熬过这种灾后的日日夜夜，心中悲凉又焦急。

天气放晴了，觉得肚子饿，就拿出小麦往嘴里塞。

船上的大嫂说："那个吃多了拉不出屎，别吃了。过来跟我们一起吃饭吧。"

只见船头锅盆碗灶一应俱全，香喷喷的米饭和咸菜已经摆好。我们顾不上客气就大吃起来，真比莫斯科餐厅的大菜还香呢。托大嫂的福，我们好好地享用了一天的美食。

最有趣的是大嫂告诉我们说："公社书记交代了，你们是从北京来的人，一定要保证你们的生命安全。"

大堤上往返着工作队员的身影，他们说大雨已经过去，水情有所缓解，问题不大了。到了晚上河水有了回落，全身心感觉到久违了的轻松。下了一个月的雨，这条大河真真切切让我领教了水火无情。

第三天就有少数几个乡亲挑着担子回家来了。我们还待在船上等着则易。我们的家已经塌了一半，以后还不知怎么办呢。整整一天，也不见则易来找我们，险情已经过去，工作队还那么忙吗？傍晚时分，二叔一家也回来了。放下行李，二叔就被叫去开会，很晚也没见回来。当晚我们还是住在船上。

第四天一早，二叔就把我们喊下船，见他脸色极难看，低着头眼睛看着地面。

二叔艰难地说："则易被大水冲走了……"一句话没说完，二叔已经哭出了声。顿时我脑子一片空白。

"上边大堤决口，则易正在堤上组织救援……被塌陷的泥土带进大河……"二叔抹着眼泪断断续续地说，我牙齿抖得嗒嗒作响。

"当时就被水冲走了，到现在没有找到……"二叔呜呜地哭起来。

不可能！绝对可能！则易的水性很好，一定能游回来，我知道他们肯定没有好好寻找他，我去找他！我一定能把他找回来！

我回身冲上船，叫喊着"大哥，帮我去找人，被水冲走了……"

船上大哥肯定地说："三四天了，已经冲到巢湖去了。"

我拉住他的胳膊拼命地摇动，大喊："赶快去巢湖！赶快去巢湖！晚了就来不及了……"

好心的大哥开了船，立刻顺流而下，水势汹涌，一会工夫就被冲进了巢湖。一下子看到茫茫无际的水面，这从何找起？！我慌了，我急了，我声嘶力竭地大喊"则易……"腿一软跌倒在船上，迷糊了一会儿我又睁大眼睛，看见小雯在紧张地向外张望着。大嫂扶起我一齐向水面搜寻去。湖面漂满杂物，互相撞击着……好心的大哥一边开着船一边缓缓地对我们说："每次破了圩，家家户户都被淹了，人掉到水里就是会游水也被大水冲过来的硬家伙撞死撞昏，水浪又太大，冲到巢湖里是没有人能回来的。这么多天了，不可能了。每次发水都会死几个人，遇到天灾也是没有办法，都是命啊。"

这是一条机动船，我们绕了很远很大的区域，两个眼珠都疼了，就是没有一点则易的影子。但是我最相信则易的能力，别人办不到的事情他都能办到。我们驾着船在水面上一直绕到天黑，什么也看不见了才往回返。走到半路，看见周大叔的船在我们前面，我们赶上去只见李三叔、启中、启堂、小闹等都在船上，他们也在巢湖上搜寻了一天了。小闹一看见我喊了声"小予姐！"就大哭起来，嘴里还断断续续地念着"则易哥……"惹得两船人全都伤心落泪。一下船我就直奔郢子，大喊着："则易回来了吗？"二叔沮丧地摇摇头，他告诉我，公社书记说的，当天就有东海舰队的救生艇出发营救，一个人都没有找到。

接连几天我们跟着周大叔的船在巢湖里搜寻，回到家中仍是泪流不止。

夜色凄凄，月光昏昏，窗外不时飘来沙沙响声，是风声还是划船的桨声？是则易划着小船回来了吗？我一千次地打开门，看到的只有流萤。则易就这样消失得无影无踪，他就这样连一句告别的话都没有留下，像浮云一样随风而去了……

每天早晨我都会去则易家门前，清扫小路上的青苔，可是一转脸，青苔又长满了小路。

水灾后，虽然我们的大堤没有决口，但是一个多月的暴雨和水漫圩堤，淤泥覆盖了所有庄稼。眼看就要成熟的庄稼全部都绝收了。大队设立了救济站，发放救济粮。我和小雯每天都要挎着篮子排在长长的灾民队伍中，眼巴巴地等着领取那点填不饱肚子的白薯干。

我们跟着二婶学会了白薯干的吃法，先把白薯干磨成粉，再做成丸子煮着吃，有点甜甜的很像北京的元宵，开始吃时还觉得味道不错挺高兴的，可是没出三天就便秘了。用了各种方法都不行，越来越难受，肚子胀得硬邦邦，觉得不能再拖了，去了公社卫生院才解决问题。就是这样的白薯干也没吃多久，二叔找我谈话了。

二叔说："现在大家都很困难，粮食不够吃，如果你们能回北京，这两份粮食就可以省给大家，你们回去有父母管着也饿不着。行不行？"

二叔的所想所求，坦率而真实，虽然我十二分地理解他，但听了这话心里还是很委屈，好像我们被赶走了。

自从下乡以来，两年多时间我们没有回过家，当然想回去。可是由于爸爸的处境，我们回家不知又会给他添什么麻烦。记得下乡前，我们办理下乡手续时遇了点麻烦，比预定的时间要延误几天，就在离京前一周多时间里，每天都有十五六个大学生坐在我们家从早到晚，满满一屋子人，说是我们一天不走就在我们家坐一天，直到我们离开北京为止。无论跟他们怎么解释，他们完全不予理睬。我们不想再给爸妈惹来麻烦。但是现在二叔话已出口，不走也不行，我们答应了。二叔特别去请周大叔帮我们渡河。

因为水灾的原因附近的道路和交通都断了，我们必须先上了对岸，然后步行到三江县城，再辗转搭车回到丰盛县，才能乘上长途汽车到达合肥。而此时的大河水位很高，依然是水流湍急，这个时候想横渡大河难度太高，没有人敢在此时过河。周大叔也是被二叔说服才答应的，郢子里的人都担心地一再嘱咐我们要小心。

启程的那天，我挎着个小旅行袋，小雯就抱个小提琴。不知为什么周大叔没有划船，却提来一只特大的腰盆，而且没有浆，只有一根很长的杆。他不让小雯带着提琴进盆，硬从她手上夺下小提琴交给了李二叔。他不停地吩咐我们死死地抓住盆边，不管遇到任何情况都不能松开，一定要听他的指挥。他和二叔再三的叮嘱让我们意识到了危险，那威严的态度让我们更加紧张。

只听周大叔大喊了一声："抓住！"

二叔松了缆绳。我们突然像离了弦的箭一样，飞了出去，吓得我们魂飞魄散。腰盆被颠簸得七上八下，东倒西歪，有时好像已脱离了水面，我们狠狠地抓住盆边，连眼珠都不敢动。周大叔手忙脚乱，左撑右挡，拼命掌控着盆的方向，他多次想向对岸靠拢都没有成功，我们一直被冲往下游，由于水流力量太大，周大叔的长钩挂不住树枝，反而使盆在水中打转，好像已经失去了控制。再过一会儿就要到巢湖了，我们始终无法靠近南岸。如果冲到巢湖里就更危险了，靠一个腰盆和一支竹竿是绝对划不出去的。我想到了则易，不知冥冥之中是不是有这样的安排，我们真的要在这里见面吗？忽然河道变宽了，水流也减缓了，我们被冲到了河口，就在这最后一刻终于靠上了南岸，才总算安全渡过大河，踏上了回家的路。

我们风尘仆仆到了北京，已是下午。看见分别两年的故土，抑制不住心中的激动。因为是临时决定的，所以爸妈并不知道。我一直想象着爸妈突然见到我们时的惊喜，一直心花怒放着。

到家敲开了门，看见的却是个陌生的女人，又见一个二三岁的小女孩跑了出来。我们呆住了。看进去，客厅已经被分割成两间房，大卧室门前还站着一个不认识的男人。这时看见妈妈从小卧室出来，她一下见到我们，吃惊的目光直直地盯了好一会儿。

她简单地说了句："家里又搬进来一户人家合住了。"

她马上把我们带进小卧室关上了门，看起来我们家只有半间客厅和一间小卧室了。

见到爸妈，第一眼就感觉他们的笑容是那种久违的、僵滞的，艰难的，似乎嘴角已拉不开了，看不到兴高采烈，看不到喜出望外……爸爸的脸变成了黑黄色，手上满是老茧和伤口，妈妈穿着件多年前的旧衣服，但是看上去宽大如袍，已经弱不胜衣的样子，脸上多的是皱纹，少的是表情。房间里靠墙一溜排摆放着扫马路的大扫帚、铁锹、镐头……一看便知这些都是爸爸每天劳动改造要使用的工具。什么话还没说，爸妈就一再示意我们：说话要小心，门外有人偷听。这个场景真让我痛彻心扉，一扇薄薄的木门屏障，我不知道该说什么，能说什么，不可以说什么，唯独没有了想说什么，一时间竟不知道如何开口。爸爸妈妈也是欲言又止的样子。我明白，他们不愿意讲述艰辛的生活现状，可高兴的事又搜索枯肠也找不出来。就这样，久别的重逢竟这般相对无言了……之后，就只听我们讲讲那些轻松的农村故事了。忽然脑中出现辛弃疾的那首词句："而今识尽愁滋味，欲说还休，欲说还休，却道天凉好个秋。"正是此时此刻的感受。

我们到家正是九月下旬。再过几天就是国庆节了。爸妈热切巴望着这几天的假日，能和我们在一起好好待一待、聊一聊，享受这难得的天伦之乐。但是就在我们到家的第二天晚上，突然被一阵粗暴的捶门声吓到，我们赶忙打开房门，又看到手提长棍的一群人叫喊着查户口。妈妈很快拿出户口本给他们看了。

他们指着我和小雯说："这两个外地人跟我们走一趟！"

妈妈着急地说："她们不是外地人，是我女儿……"

"废话，没有户口就是外地人，什么女儿不女儿的！"

边说就边把我们俩推搡着往外走，奇怪的是他们并没有检查与我们同住的那家人的户口本。我忽然想起临来前，我让李二叔开了个证明信，说明水灾情况。

便回头跟妈妈喊道："赶快把我的证明拿来。"

我们被带到一间大教室，里面已有二三十人了，就看见一个手提长棍的人走到讲台桌前坐了上去。

他恶狠狠地喊着："为了首都人民的安全，为了防止阶级敌人破坏，外地人一律要离开北京。不是说你们都是阶级敌人，但是也不能说你们都不是阶级敌人……"

妈妈随后赶到，上前给他们看着证明信并说："她们原来在北京，现在下乡……"

"下乡不好好在农村待着，到我们北京吃喝玩乐来了。你们不认识水稻小麦，就知道不劳而获……"

妈妈指着农村开具的证明信抢着说："公社让她们回来的，水灾粮食不够吃……"

"水灾更应该跟贫下中农同甘共苦，来北京享清福啦？别费什么话！限你们三天之内离开北京，否则就押你们去拘留所！"说完径直向其他人走去。

听了这些话我的肺都要气炸了，回家探望父母的自由都没有吗？在自己家里居住的权利也要剥夺吗？什么坏事也没干凭什么押去拘留所？我第一次有想拼命的感觉。我朝那个人冲去，妈妈紧张了，生拉硬扯制止我，但我怒火中烧无法自拔。

　　妈妈突然厉声道："别给你爸爸惹事，他经不起了！"

　　就这一句话，让我的心猛然一颤，我僵住了，我觉得我要窒息了，跑到教室外面仍是一句话说不出来，我仰头向着黑夜长空，感觉到天地间回荡着我撕心裂肺的呼喊！

　　我们冒着生命危险，费尽周折回到家里，只住了五天又离开了。我们终于没有等到爸爸妈妈放假。

　　回到农村后，虽然洪水已经退去，但是水灾过后，房屋残破不全，大地枯禾遍野，抬眼望去是一片凄凄惨惨的衰败景象。田埂、水渠被大水冲刷得丧失殆尽，大河堤坝陷落垮塌已面目全非。灾后的几个月我们每日都是在重新翻地修埂、加固堤坝。从黎明到傍晚，挑土、打夯，挖泥、垒渠……每天吃得仍然是"救济粮"白薯干。这是我们下乡以来劳动强度最大并且维持时间最长的一段艰辛无比的生活。

　　1969～1970年，中央发布了"一号战备令"，全民备战。要求首都的大专院校全部转移到大后方"三线"地区。接踵而来的是全北京市各院校的大迁徙。1970年底，爸妈接到通知，五天后启程，作为先头部队前往大西南，在贵州省的山区重新建校。

　　一个辛辛苦苦经营几十年的家，怎么可能在五天之内整理打包启程？后来得知，因为是"战备"，所以搬家只许带必需品而且有严格的重量限制，所以根本不需要大费周折，除了炊具、必要的衣服和一些日用品外，全部家当都遗弃在了屋子里。校内的房子连同余下的东西全部移交给驻京部队使用了。

这些家当不仅仅是爸妈半生的心血积累，更承载了几代人生活的点点滴滴。有过往岁月的一幕幕，有我们成长的轨迹，有前辈的珍藏和遗存，这些对于我们无比珍贵的东西，一夜之间全部付之东流，像遭了洗劫似的一无所有了。

学校全体人马到了那里，分散安置在延绵数百里的多个地点。有的还住在年久失修的古庙里。不以家庭居住，而是分男女两个竹席棚，喝的是河沟水，走的是泥石道，满眼是荆棘荒草乱石，当时凡是有劳动能力的干部、教师、职工，不分男女老少，全部参加建校劳动。早晨在食堂吃饭时一家人才能见上一面，然后分别到各自的工地干活，午餐和晚餐是食堂派送到各工地，下工就直接回大棚睡觉了。

新学校要建在山上，把那一片山脉削成梯田状，然后层层盖楼。并且是就地取材，炸山采石，用石块合着水泥垒起楼房。钻石头开始没有压风机，就用钢钎铁锤打眼，没有建材就自办了石灰厂、水泥厂、预制构件厂……夏季的西南地区高温多雨，是这些北方人最难耐的日子。汗水、雨水、泥水流淌在一起，浑身湿透，这些儒雅的知识分子也不得不甩掉衣服赤膊上阵，晕倒在工地的事件时有发生。

　　爸爸的工作就是在山下烧了开水，然后挑上山分送到建筑工地。他每天多少趟地往返于山上山下、往返于各个工地，本来挑着担子爬山就已经是他力所不能及的劳动，偏偏又是两桶开水，在山石上稍微磕碰一下，滚烫的开水就会浇到身上。这样的重体力劳动爸爸干了近两年时间，究竟有多少艰辛他始终没有对我们讲过。妈妈因为贵州山区的潮湿气候，加上又睡在地铺，患上了严重的风湿性关节炎，直到拄着棍子都行走困难后，妈妈才被安排在山下看管学龄前孩子了。

　　这样的日复一日的重体力劳动摧残着他们的筋骨，折磨着他们的精神。硬是在高山之上盖起一所大学。这所大学的建成，被当时的报纸大书特书，说是执行革命路线的典范，是教育改革的伟大成果。

　　待到两年后我去贵州探亲，再见到爸妈的时候，我几乎认不出他们了。两年时间，说他们"形容枯槁"一点不过分，爸爸又黑又瘦，腰弯背驼，面目憔悴。妈妈一头白发，脸色铁灰，走路时已离不开棍子了，一个仪态万方的妇人竟然变得像个要饭的乞丐。这是他们吗？人真的是可以被"改造"的，改造得面目全非了。

　　回想起"文革"前，我们一家人应邀参加国务院举办的春节招待会，餐后的舞会上，我第一次看到爸妈翩翩起舞，气宇轩昂的风度和儒雅飘逸的舞姿，令我无限叹服和自豪，至今记忆犹新。然而，时隔几年，此刻的他们已是风华不再、心力交瘁了。

由于是在大山里，饮用水是就地取材。在这两年时间里，学校的教职工纷纷患病，爸爸也未能幸免。几经多方查找原因才得出结论，这个地方的地下水中含有超高浓度的化学元素"锶"，大家患病的原因找到了，学校内人心惶惶，无所适从。但是一所庞大的学校刚刚建成，怎么可能搬家呢？

爸妈带着我在学校周围散步时，举目远眺连绵起伏的山脉，竟然全是荒山秃岭，没有森林古树，很是奇怪。爸爸说，听当地人讲，山上原本是郁郁葱葱的茂密森林，但是"大跃进"时期，全民大炼钢铁，为了点燃无数的小高炉，将山上的树木砍伐殆尽了。

学校基本建设已经初步完成后，中央下达了高等院校招收"工农兵学员"的指示。爸爸又被调到学校领导小组，负责恢复正常的教学秩序和着手招生的筹备工作。这时虽不叫"官复原职"，改称"结合"干部，但实际上他经受了"九蒸九焙"的折腾后，又回到原来的岗位，做原来的工作了。

在我们筑堤修坝的日子里，公社传来了一个消息，有工厂要来我们公社招收工人，所有下乡知识青年都可以参加评选。让全体知青去公社开会。知青们都异常兴奋，感觉有了希望，个个摩拳擦掌，跃跃欲试。我看到通知上说，这次招工的单位是一个级别很高的军工厂。我立刻泄了气，军工厂是制造武器弹药的，政治要求肯定特别高，我们的家庭情况不会符合条件的，所以我也不再关心这事了。不过开会给工分，去了还可以见见以往的知青朋友，何乐不为呢。我和妹妹也去了公社会场，看见那里是满面春风的人群，纷纷议论着这个工厂，议论着这次招工。我们心不在焉地坐在那儿，搜寻着往日的熟人，根本没注意听他们的介绍。会后让大家学习招工条款，评议候选人标准。我们和认识的几个朋友坐在一边闲聊。那个负责招工的军代表在人群中转悠，听着大家的讨论。他来到我们身边问长问短，公社书记连忙上前介绍，说我们两个是品行非常好的北京学生，得到贫下中农的一致称赞……大有推荐之意。可是我的心中"阶级斗争"这根弦比公社书记还强点，自知没有资格，只是做礼貌性回答，并无太大热情。

然而没有想到的是两周时间里，经过几轮的讨论评选，我和妹妹都被录取了。不敢相信这是真的，有一种天上掉馅饼的感觉。我们一共10个被推荐人再次去公社开会时，大家都是喜气洋洋的。这一次我们也是格外仔细听讲，渴望着了解我们今后工作和生活的地方。

我们听到了招工代表这样一个叙述："我们厂的待遇是很高的，每个月除工资外还有八块钱保密费……"

实习期工资还不到二十块钱，倒有八块钱保密费。

　　我一听便觉得蹊跷，后来等代表讲完话，我问："什么叫保密费？"

　　那位招工代表骄傲并且神秘地描述起来："我们厂可不是一般的厂，你们现在去的时候汽车开到第一个哨卡，全部要下来，换乘第二辆汽车开进去，到了第二个哨卡又下来，再换第三辆汽车……寄出的信全部要经过领导审查后才能发出。同事、同宿舍的人都不许说出自己的工作内容……"

　　我就猜到这八块钱不是容易得来的。他越是夸耀我越是心慌。在他不断强调着规章制度和国防等级的时候，我也渐渐理出了头绪，一个艰难的决定要靠我当机立断。

　　会后小雯好像马上就要投身到惊险刺激的秘密工作中去了，满脸的兴奋欢喜，叙述着她想象的生活情节，陶醉在她自己的憧憬中。我却在想，这种高级别保密单位里的人大多数都是出身极好的，像我们这样的人肯定是一小撮被监管最严的受气包。再说爸爸妈妈现在的身份也不可能进到厂里来，别说是住在一起，恐怕连互相来往都困难了。

　　于是我缓慢地对小雯说："我想过了，我们不能去这个地方！"这一瓢凉水浇下去让小雯大吃一惊。

　　我说："以我们的家庭情况怎么能在那里待着？"

　　小雯抢着说："人家政审过了才录取的！"

　　"那也不能去！且不说那里面全是出身好的人，我们的日子不好过。就说咱们俩都进了这一个厂，爸妈将来怎么办？他们不能进来，将来他们老了，怎么照顾他们？”

小雯反驳说："咱们是'工人阶级'对爸妈也有帮助啊。"

不管小雯同意不同意，我这样决定了。想着也不能耽误人家招工工作，我当即去找了公社书记。

他也不解地问："政治待遇高，对你们的前途是很有利的啊？"

由于我的坚持他答应去交涉，可是他回来说工厂坚决不同意换人。于是我坚持请书记带我去见了那个负责人。我见到工厂代表就将爸爸的情况如实汇报了。

没承想那个代表斩钉截铁地说："我们讲'成分'，但不'唯成分'，我们重在'表现'。"

公社书记帮我说话："我们公社和县里的宣传工作都很需要她们……"

"我们是军工厂，应该高于一切吧？"代表声音不高，但字字千斤。我和书记不知如何应对。

那代表还得意地说："我已向团长作了汇报，他很满意我的工作。他说我招的工人素质最高。我们这么大厂还真缺你们这样的人才，你们说话就跟收音机里一模一样，不当广播员太屈才了！"我听了这话，心里更是瓦凉瓦凉的。

事到如今，要想改变现状已经很困难了。我想不出一点办法，心急如焚，茶饭不思。傍晚时分，拿了小提琴走出很远，在一条小河边坐了下来，随意拉起了小提琴。渐渐地我被自己的琴声所感动，一阵凄楚得让人心碎，一阵悲愤如滔滔江水，一阵又是惆怅无奈的委婉与低廻……我的视野渐渐模糊不清，眼前出现一个隐隐约约的画面：在高山深壑中，爸妈白发苍苍仰天伸手，我能听到"小予！小雯！"的呼声在空灵的山谷间回荡……而我们站在层层电网之中，仰望的是同一片天空同一朵白云，却不能够回应那发自肺腑的呼唤。

河边只有月光没有雾气，却感觉薄雾迢迢，弥漫在天宇之间，眼前只有河流没有大海，可那种孤独无助，就像挣扎在无边无际的大海之上。此时只有飘忽的心绪没有风，但好像飒飒凉风直入心底。我没有停止手中的琴弓，久久地沉浸在音乐声中。一直到心境渐渐平和，眼前渐渐明亮，一直到气定神闲心中有了主张。爸爸妈妈的境遇已经如此悲惨，绝不能让他们晚年孤独无靠。我必须下定决心再做努力。

第二天我又去找公社书记，临走前口袋里装进了一把剪刀和一块白布。书记问我，"机会不是总能轮到你们的，你们能保证一辈子在农村也不后悔？"

他的意思我自然明白，我毫不迟疑地答道："这次我们自己选择退出，下次再有招工我们不会让公社为难，我们肯定弃权。"

公社书记流露出赞赏的神情便不再说什么，带着我来到招工办公室，招工代表面无表情地接待我们。

　　我用极严肃的口气说："在北京时，我和妹妹在天安门广场庄严地宣过誓，一辈子扎根农村，接受贫下中农再教育。'知识青年到农村去，接受贫下中农再教育'是最高指示，不能阻拦也不能反对。"

　　一席话说得他们瞠目结舌、无言以对。于是我快速掏出口袋里的白布，拿出剪刀，在他们还没反应过来的时候，我一剪刀将手指戳破，鲜血直滴，我用自己的血写下"扎根农村"四个字，惊得他们目瞪口呆。招工代表连连重复着："不会阻拦你们扎根农村……"他慌忙接下了血书。这件事终以换人为结局。

　　军工厂招工结束之后，又有几次招工名额，虽然每次都得到贫下中农的极力推荐，但是我有承诺在前，自然不能出尔反尔，所以全都主动放弃了。即便这样我也不后悔。我和妹妹早已做好了一辈子在农村的打算。

　　我继续潜心学习裁剪。一开始看着书用报纸比比画画，然后我把旧衣服拆开缝上反复多次，再根据自己的设想在旧衣服上逐一修改看着效果。循序渐进慢慢显出了成效，自己感觉入门后胆子越来越大，买了新布给小英子小闹做了衣服，没出什么大毛病，两个孩子美着呢，我自己也很得意。我就这样心无旁骛地做着一个小裁缝的美梦。

　　可是生命的长河总不是你想象的那样顺流而下。总有不期而然在等着你。经过几轮招工后，我们队的知青都走完了。因此当我们再次被列入招工名单时，就顺理成章被省建设兵团录取，分配到兵团下属的巢湖机械厂当工人了。

我们能成为"工人阶级"的一分子了，一夜之间跃入社会最高阶层，从此扬眉吐气，苦尽甘来，心里自有莫可言喻的激动和振奋。想到爸妈遭殃时我们受牵连，那我们现在翻身了，能不能让爸妈也受点"牵连"呢？明知是奢望但还是很巴望。

我们就好像是一只小船，一只不由自主的小船，被流水冲撞在布满岔口的河道中，不知道在哪一个时刻在哪一个岔口被冲进哪一条支流，看到的是怎样的一片天地，面临的是怎样的一种生活。现在我们将要离开农村走进工厂，真不知道是什么在等待着我们。我们又将用怎样的力气去迎接这扑面而来的未知世界。

在离开郢子前，我和小雯再一次把两头大水牛拉到池塘里，一边刷洗着它们的身体，一边轻声与它们道别。它们那大大的漂亮的眼睛里闪着泪花，一直含情脉脉地看着我们。水牛也通人性，从我们下乡的第一天起，就跟它们朝夕相处，多少个日日夜夜相随相伴。现在就要分别，它们跟我们一样难舍难分。我们轻轻地抚摸着它们，陪它们在水边的大柳树下，躺了很久很久。

则易去世一年多来我再也没有去过巢湖，那个曾经让我感觉美不胜收的湖面，现在我再也不敢去看，不能去看，就连想一下心里还是很痛。马上就要离开这里了，我依然没有勇气去告别。

又是一个夕阳无限的黄昏，小风轻轻吹拂着河边的杨柳，我一个人痴痴地坐在河堤上，看着这条带给我甜带给我苦的大河，心中满是酸楚和悲凉。河水恢复了往日的清澈和温柔，河滩上又长起了玉米和小麦，周围还是淡淡的绿草香气。可是时光不能倒流，人也不能重现。望着大河东去，则易永远不再回来。

我们去了郢子里的每一家，与他们告别。虽然大家都是祝贺我们当了工人，但是那种依依难舍的低落情绪，让我们心里格外难过。这里的每一个人都像是我们的家人，这里的一草一木都让我们留恋，从十七岁来到这里，在这个陌生的异域他乡，我们度过了将近四年的时光。留下了我们最美好的青春岁月，得到了他们最淳朴的人间真情。这淳朴的人间真情将继续与我们同在，可二十岁的光阴一去不返。

在跟二叔二婶告别时，我告诉他们："将来如果学校招生，一定要让小闹上学，他的学费我会寄来。"小闹知道我们就要离开这里离开他了，便将最心爱的两把自制弹弓送给了我。那张被太阳晒得红红的小脸一片稚气，眼睛里含情脉脉泪流不止。那是人生路上最真实的画面，至今不忘。

当我和小雯乘船离开郢子的时候，小闹一直追随着大船，一边抹着眼泪，一边奔跑在大堤上……

我们不期而然地当了农民，又不期而然地当了工人。这不期而然的岁岁年年，给了我们无尽的思考和深刻的感悟；这不期而然的岁岁年年，也为我们的生命留下了无可挽回的缺憾和真真切切的失去，在这不期而然的岁岁年年，我们所感受到的酸甜苦辣，将陪伴我们一生一世，地老天荒。

再也不见他

　　我们按照工厂的通知在报到地点集合了，就在热切盼望着早点看到我们的工厂时，却不知为什么，厂车把我们一百多名新工人全部拉到了巢州市一个技工学校住下，完全实行军事管理，进行政治思想教育和军事训练。

　　我们被分成了三个男生排、两个女生排。每天上午我们的排长、连长带领我们进行四个小时的队列训练（排长、连长都是解放军）。可是一开始训练就发生了问题。队列训练从最基本的"稍息""立正"开始，但是几个排长为"稍息""立正"应该出哪只脚而争论不休。队列行进时的"向左转走""向右转走""向后转走"，口令总是喊不到点子上，一会落在左脚，一会落在右脚。就见满操场的人互相乱撞，朝哪个方向转的都有，我被撞得眼前直冒金星。竟然还有人被自己的腿绊倒在地。那场面实在滑稽，大家笑得前仰后合。我和小雯实在忍无可忍，就去提醒排长："'向左转走'的'走'字必须落在左脚，'向右转走'的……"几个排长悄悄在一边比画了半天还是不行。最后聪明的连长宣布："现在开始分排训练，由你们学员自己喊口令，一会儿进行全连评比。"于是五个排分别在操场的各个区域开始训练。我们排有小雯自告奋勇喊口令。她站到队伍前，只用了两分钟讲解动作要领，仅仅练习一遍之后，整个队列就整齐划一了。无论向哪个方向行进，再没有出过差错。重要的是口令的正确落点，就能保证简单的动作准确无误。小雯的嗓音洪亮果断，在操场上其他各排还是一片混乱的时候，我们排的队伍行进已经整齐有力、英姿飒爽了。操场上爆发出一片掌声和欢呼声。从此以后，一百多人的队伍就交给小雯训练了。

半个多月的学习和训练虽然单调艰苦，但毕竟是踏入新生活的开始，无限的憧憬足以让所有的新工人群情激昂，兴奋快乐。

军训结束的这一天，我们领到了朝思暮想的工作服——背带裤，立即穿戴起来，互相欣赏着、得意着。当我们以崭新的姿态，乘着工厂的大卡车，高唱着革命歌曲到达厂门口时，被农民模样的群众围得水泄不通。我正在为能够受到当地人民的热烈欢迎而感到无比自豪的时候，忽然听到他们那毫不隐讳的对话："这次怎么这么多女劳改犯?""长得还不错，准是流氓犯……"因为不明白他们的话是什么意思，所以一头雾水地走出人群走进工厂。

　　直到坐在会议室里听报告时，我们才被告知，这是一个劳改工厂，而我们则是第一批进厂的工人。我们的师傅全部是劳改犯和刑满释放就业人员。一时间大家相顾失色、呆若木鸡。美梦像肥皂泡一样在眼前消失得无影无踪。

　　工厂对我们青工的管理也非常严格，宣读的纪律如同"劳改释放犯"一样。我们听到这样的条例："每天早上七点晚上六点都要在车间门口进行点名，不得迟到、不得请假，放假也不例外。"还有一条："晚饭后不得在厂区活动。"与"师傅"相处的规矩更多：要求保持距离，提高警惕，注意敌情，尽快掌握技术……这一切特殊的规矩让我们更加忐忑不安，紧张的情绪始终难以释怀。

　　当我们参观工厂的时候，看见四面八方的电网和炮楼，正是与电影里的监狱相差无几。看见厂房里面是那样的阴暗、潮湿、破旧，到处落满厚厚的尘土，窗户已经残缺不全，机床被油泥包裹着早已看不见了颜色。车间里凌乱地堆放着各种各样的钢铁配件，车间外面杂草丛生，满目苍凉。我们看到此情此景无不黯然神伤。等到再看见我们的那些"师傅"的时候，我真的傻眼了。面前的一群人，他们胖瘦高矮、五官形态、服装穿戴，反差大得像卡通片中的人物。他们衣衫褴褛、蓬头垢面让人大吃一惊；他们脸色铁灰、表情阴森会令你提心吊胆；不同方言、不同语速混杂在一起，像是"百鸟朝凤"……不知道世界上还有这样光怪陆离的一群人。我们是要把年轻的岁月放在这里与他们共度吗？经过了那么多的曲曲折折，却走进了这样一个阴阴暗暗的生活中，此时的我百感交集，但是已经尘埃落定，身不由己了。

进入这个劳改厂，我被分配在工修车间里开刨床，它是机械加工工序中第一道粗加工类机床，是把铸造出来的大铸件的连接面刨平。比如：机床的底座、汽车发动机的气缸……就像是木匠把一段粗糙的树木用刨子刨出平面一样。一个车间只有两台刨床，任务不算太忙但可是重活儿，是在机床加工操作中需要体力较大的一道工序。小雯被分配在金工车间开车床，加工的都是圆柱、圆盘一类较小型的工件。但是车轴飞转，切削时会有铁屑飞出，不小心溅在脸上就会烫出小坑，所以很多老车工都是麻子。

我的师傅是小偷，黑黑瘦瘦小小，在上海犯案在安徽服刑，刑满释放后就在这个厂里就业，很多年了。小雯的师傅是"反革命"，据说是在国民党里当过什么小官，也是释放就业人员。我们就"如何与师傅相处"的主题接受了一周的教育。总的原则是：坚守阶级立场，保持严肃和距离。可是我和小雯都是超爱笑的人，又习惯了与人为善。现在突然以这种相处原则过日子让我们很紧张，万一分寸掌握不好，不知会是什么结果。我们俩私底下商量制定了三套表情方案：

1. 学技术时：冷淡。2. 平时说话：严肃。3. 他们说题外话时：我们眉头微皱，目光严厉。为此我们晚上睡觉前，躲在蚊帐里，对着镜子练习这些表情。想到我的师傅是上海滩的小偷，这种大码头的混混，"技术"肯定不一般，我琢磨了一下，就把自己所有的衣服里面都缝了个小口袋，装饭票和零花钱，再加个小别针，算是万无一失了。（后来看过他的档案，他就是在学校累计偷了同学7支钢笔，被送劳教。）

其实，人哪里是能随意塑造的？那种冷酷、无语的日子实在憋得难受，没过多久我们就原形毕露了，该说就说，该笑就笑，完全恢复了常态。倒是师傅经常在我们滔滔不绝的时候嚷嚷道："界限！界限！"

我们刨床组还有个青工叫王兴国，他开另一台刨床，比我小2岁，是巢州市人。他长得高高大大却有着一张圆圆的娃娃脸，弯弯的笑眼和弯弯的眉毛，显得比他实际年龄还小。他活泼开朗热情，说起话来喋喋不休，待人处事霸气十足。他是"文革"以来一直在家里待着的学生，没有下过乡，没有参过军，也没有好好读过书。别说数理化，就是中文字也是错误百出，英文更是连26个字母都念不好。他力气特别大，许多大铸件都是需要两个人抬的，可是他一个人搬起来一点没问题，他也不惜力气，总是抢着帮我搬上搬下。铸件是需要用压板夹紧才能承受刨刀的冲击力，我的力气不够，常常用扳手拧不紧压板螺栓。王兴国帮我把扳手加上了延长管，增加了力臂，情况就好多了。可是有一次我用加长扳手压紧了一个铸件，刨刀自动往返切削着表面，突然咣当一声铸件被刨刀撞飞落地，砸在离我脚面不足一公分的地方，吓得我瘫坐在地上，半天缓不过劲来。王兴国冲过来抬起我的腿左看右看。

他跺着脚大声嚷嚷道："跟你说过大工件你不要动，我和师傅干，这要是砸在腿上还是脚上那都是残疾人啦！"我自知是自己大意了，没敢吭声。之后，此类事情还有过几次，但是我都注意了站位，没有发生受伤的事情。

我们车间的青工也分成了两个班，我们一班的班长叫陈晖，他是上海下乡知青，"文革"时是高中生。他有着典型的书生模样，长得清清秀秀，白白净净。戴一副眼镜，文质彬彬，话不多很和气。个子该有一米八几，在青工中是数一数二的帅气男孩。他开的"万能磨床"是技术含量最高的机床，也是多少青工羡慕的岗位。

进厂后不久，我们厂专门为青工开设了夜校，主要是教文化课，相当于从初中到高中的课程。陈晖又被指定为班长，他既是工区的班长又是夜校的班长，此后大家就习惯称他班长，而忽略了他的名字。从刚开学的测验到前几次的考试，我和班长总是轮流获得第一和第二。这个排名自然令我们互相在意起来，考试成绩下来，我第一个打听他的分数，他也打听我的，我们摽着劲开始竞争。但是有问题时我会找班长解答，他有问题也常与我切磋，我们都能感觉到相互的真诚和佩服。

夜校下课后，我们也常常一起回宿舍。班长在农村待了三年，谈起农村生活，虽然感受不尽相同，但是我们仍然有很多共同的话题。他嗓音圆润浑厚，说话略带些上海口音，听起来特别有磁性。有一次我们走在回宿舍的路上。

我问班长："你是不是唱歌很好听啊？"

他好奇地反问我："你怎么知道？"

我笑起来："听你说话的声音啊，看来没错啦？"

他没等我开口，自己就轻声唱起了苏联歌曲《小路》。

时近中秋，明亮的月色和昏黄的路灯透过稀疏的叶片，把斑驳的光影投洒在地面，我们就像走在一条花团锦簇的小路上，这条小路曲曲弯弯细又长，一直通往迷雾的远方……浪漫时空和《小路》的优美旋律一起融入轻柔的歌声，流淌在心中百转千回。

在夜校的学习班里，王兴国的学习成绩是较差的，他每次上课都会坐在我旁边，只要有不懂的地方扭头就问我，似乎向我提问没什么不好意思，就成了习惯。无论是上班还是上课，他的问题不断，不知哪里冒出来的求知欲。他的问题我基本上都能回答出来，也算有耐心，所以他很感谢我。聪明和努力使得他成绩提高很快，半年下来已基本到了中等水平。他总是高兴地说功劳归于我，一会儿塞把花生，一会儿塞一块糖给我，反正我爱吃零食，来者不拒，我们相处的就像两个小学生似的。后来，他又常常从家里带菜回厂，在食堂吃饭时总要分一半给我，无论我怎么谢绝也不行，他是"张飞请客"不容分说，倒让我觉得过意不去了。

有一天午饭后，上班时间到了，看见王兴国和几个男同事大笑着跑进车间，他上气不接下气地告诉我："我们发现咱们厂的'老家伙'里面，麻子特别多，今天我们几个人分别通知这些麻子，说午饭后在食堂开会，他们都去了，等了半天没有干部过来，他们你看看我，我看看你，发现都是麻子，才知道上当了。我们躲在门外偷看，笑死我们了……"我也被逗笑了，他们怎么想得出这样的损招。但是笑过之后，我劝王兴国："你以后不要干这种事了，他们犯什么罪，有法律制裁了，他们已经为自己的行为付出了代价，你这样做多伤他们的自尊心啊。"这以后，王兴国再也没做过类似的事情。

班长的机床离我的刨床不远，他有技术类问题常过来问我师傅，因为我的师傅技术很高，又都是上海人，他们喜欢用上海方言说话。有几天，我的师傅情绪异常低落，一直是心不在焉的，不管问他什么话，总是所答非所问，急得我都对他发了火，他依然是那副样子。那天上午，班长来问我师傅刀具的打磨角度，师傅没有回答。可是他对着班长叽哩咕噜说了半天上海话，班长也说了一番话后离去。师傅眼圈发红，低头不语。我很奇怪是发生了什么事，于是忍不住去问班长。他悄悄告诉我，师傅想找他借二百块钱，说他的孩子生了什么重病，在上海住院急需用钱，请他看在老乡的份上帮帮忙。

班长说："我也很同情他，可就算不管立场问题，这个钱数很大，我也拿不出这么多钱啊。"

我听说后心里有点着急，一个父亲眼看着自己的儿子病重没钱治，该是多煎熬啊。看着他那失魂落魄的样子，我想要帮助他，可是我要是借钱给他，会怎么样呢？最坏的结果是"立场不稳""阶级观念不强"，就是写检查呗。总不能说我与他同流合污也变成了小偷吧？想清楚后，我决定去筹钱。我赶快去找小雯，我俩把所有的钱凑一起也不够，又分头去找宿舍里的同事借钱，零零碎碎凑够二百块钱就跑去悄悄塞给师傅。

他惊呆了，接钱的手微微颤抖，眼圈立刻就红了，他结结巴巴地说："你放心，从下个月起，按月还给你，你放心，除了饭票以外的钱，全部用来还你。"

尽管我一再说不用着急，但是他从来没有错过一天，按月还清了借款。这件事没人知道，所以没出问题。但是后来我还是因为一件"立场不稳"的事，遭到了领导批评。

那是借钱的事儿不久后，我下班刚要去食堂买饭，师傅说手上的活儿干不完，没时间去排队，让我帮他带饭回来。

我接了他的饭盆就去了。这之后，经常有这种事，我倒也没在意。可是王兴国发现了，说师傅可从来没有找他带过饭。而且，也并不是任务紧到了没时间去打饭啊。

王兴国煞有介事地分析说：“他肯定觉得你好说话，他自己想偷懒了。”

可我觉得师傅不至于连买个饭都偷懒吧？但是也想不明白为什么总要我带饭，于是我干脆就直截了当问师傅了。

他低下头难为情地说：“在食堂里干活的那些小赤佬，看人下菜碟子。”

我知道安排在食堂工作的也都是释放人员。师傅接下来的话倒叫我着实没有想到。

师傅说：“你下次注意看看，你买来的饭菜都比别人多不少呢，他们看人下勺的，一帮小赤佬！”

太不可思议了，竟然还有这种事情。

师傅眼睛里泛着泪光说：“唉……我实在吃不饱才想了这个点子。真真对不起你……”

我从来没见他买过一次有肉的菜，米饭也从来没有超过我的量。恻隐之心又占了上风，后来我就接着帮他带饭。可是被其他师傅发现后报告了领导，在车间大会上我挨了批评，说我阶级斗争观念不强，立场不稳，车间主任让我写检查。在“文革”中写检查和写颂歌，是每个人都很擅长的本领，要多少字，一口气下来就八九不离十了。好在那阵子工厂对我们还没那么严格，我交了份检查也就万事大吉了。打那以后我不敢再给师傅带饭，但是如果吃不了那么多，就从饭盆里分给他一些。

我们开刨床都是上早班，下午三点交了班，还有很长一段时间才到晚饭。小雯从开始上班就是"早中晚三班倒休"，我们俩虽然住一个宿舍，也就不怎么能常碰面了。我们宿舍里住了八个人，实在很嘈杂。下早班我不愿意早早回宿舍，就想找一个看书学习的好地方。在厂里转来转去，到处是一尺多高的杂草，一派衰朽的景象，看着它们既伤春又悲秋，令人沮丧。再往远处找，终于在附近的丝绸厂里，看见了一小片假山石，那里来往的人很少，没有什么干扰也不受约束，周围有修剪的草坪和星星点点的小花，我很喜欢。所以每天下早班拿了书，我就会往这个属于我自己的小天地去。

没有多久，不知道从什么时候开始，就隐隐约约听到假山上面有声音，但从来没见有人。这不知是谁侵入我的领地了，让我心里别扭。可是咱也没理由干涉人家啊，就只得忍着了。到那天，一阵风从上面吹下一张纸，我拾起看看，是一张我们厂夜校的考卷。等了一会儿也不见上面有动静，觉得奇怪，就爬了上去，居然看见了王兴国。他好像不知道我在下面，简单问了两句就低头看书了。我总觉得多一个人，心境很受影响。我自以为很有把握地对他说："你换个地方吧，看书最怕干扰。"可他直着嗓子怼我："你能来我也能来，凭什么要我换地方？"他居然一点情面都不给，霸气十足。

他的霸气我是领教过的。有一天下午下班时间到了，狂风大作，乌云滚滚，像是要下大暴雨，工友们纷纷跑回宿舍去了。王兴国临走时嘱咐我快一点回去，我答应着要把剩下的一点活干完。但是雨还是瓢泼般下了起来。心中正在着急，班长从我身边走过，一把雨伞轻轻放在我的工具箱上，他头也没回就走进了滂沱大雨中。我心里好感动，赶快收拾工具，准备回去。这时，王兴国满脸满身水淋淋地冲了进来，手里拿着把大伞。

他说："还没走到宿舍就下雨了，所以取了伞回来给你。"

看见我手上拿着伞，他一把夺下来往柜子上一扔说："这么小的伞根本没用，外面雨可大着呢。"扯着我走了出去。他的伞果然比一般的大很多，他一只手举着伞，一只手搭在我的肩上，我要推开他的手，但他握得紧紧地说："这样步调一致才好走，这么大的雨，没人看你！"他就这样一直把我送到宿舍门口才回去。

春节来临，我们计划要回贵州的家看望爸妈。我请到了探亲假，可小雯是春节文艺演出的台柱子，宣传科无论如何也不让她走，后来厂长还特别指示辜雯的探亲假不能批准。后来我们俩商量，轮流回去也好，爸妈身边有个女儿陪着的时间能多一倍，而且分头带回去点儿吃的，也算细水长流。

所以就我一个人先去吧。

去贵州必须要到上海换车，正好班长也回上海的家，我们相约一起动身。他邀我住在他家，我婉言谢绝了，请他劳烦家人帮我订了一间旅馆。本来盼着见到爸妈就令我兴奋不已，能跟班长同路更让我开心。

班长本来就符合我心目中白马王子的形象，他性格又温和稳重，学习成绩也是数一数二的，还唱得那么好听的歌，更加深了我对他的好感。上班的时候，他的机床在我的斜后方，我偶尔回身与后面的工友说话时，不经意间能看到他那略带笑意的眼睛刚好对着我，心总会砰砰乱跳一阵。这次和班长一起的旅程，从买了票的那一天起我就开始期待了。

我和小雯在几天之内，自制咸鱼、咸鸡、米粉，用粮票换了满满一篮鸡蛋，然后打包行装，忙得团团转，但是精神头十足，满心欢喜。

出发那天小雯送我到车站，因为有班长她没有费劲也没有担心，高高兴兴和我挥手道别。当火车开动后，班长端来两杯茶在我对面坐下，我取出零食和班长分吃起来。这样与班长在一起像"过家家"一样，是我等待多日的时光，这份道不明来由的快乐竟是那么让我期盼。班长也是兴致勃勃，话比平时多了很多，他绘声绘色地给我讲述小时候在上海的生活。他居然也是在大学校园里长大，相似的经历和相似的感受，让我们之间的谈话很快转变成抢问抢答。正感觉趣味盎然时，突然听见有人喊"辜予！辜予！"怎么会有人叫我的名字，仰头望去，真不敢相信自己的眼睛，竟是王兴国笑嘻嘻地走了过来。这个巧遇让我惊喜，问他为何也去上海，他说他的姑妈在上海，让他春节去玩。他很快换了座位过来。我们三个人同事同班又同路，难得的一次旅途，让我们非常开心。这之后，我们好像被一个神奇的罩子罩住了，隔绝了车厢里所有的嘈杂，三个人一路话题无数欢声笑语。

到了上海站刚一下车，远远走过来两位中年男女，王兴国上前喊道："姑姑姑父！"两人热情地与我们打招呼并且问长问短，他们听说我住两天后要换车去贵州就邀请我住到他们家去，我告诉他们已经定好旅馆，感谢他们的盛情。但是他们一定留我，在我执意不肯的时候，他们指指我旁边说：

"你的行李已经被拿走了。"

我突然环顾周围没了行李，一阵紧张。

他姑姑笑道："王兴国早就拿出去了，你只能跟我们走了。"

班长也东张西望看不见王兴国的影子，略有不解地嘟囔道："怎么也没商量一下就自作主张呢？"我也只好作罢，与班长约好明天一起去豫园，临分手前班长轻声对我说："明天就我们两人去好不好？"我会意地点头答应。

王姑姑带路径直走向右边出口，王兴国正在出口外等候。到了他们家里，饭菜都已经准备好。我很怕劳师动众，他们的盛情让我忐忑不安。但是没过一会儿，姑姑姑父的真诚热情，伴随着浓郁的安徽方言让我有了宾至如归的感觉。吃过饭大家围坐在餐桌边，听我讲述农村的故事。

当我知道他们谁也没去过巢湖附近的农村时，便放心大胆添油加醋发挥起来："我们的茅屋盖在一片花草之中，每日清晨采菊东篱下，悠然见巢湖。晴朗的日子坐在大榕树下选稻种，烟雨蒙蒙就是纺纱织布的好时候，夕阳西下横牛背，歌声短笛两相宜。夜晚时分，在月下荷塘与青蛙捉迷藏。没钱的时候，就捉一瓶萤火虫取亮看书……"

王兴国听得入神，满脸的羡慕渴望之情。

他感叹道："现在竟然有这种地方，简直就是桃花源嘛。"

他好骗我是知道的，令我不解的是姑姑和姑父竟然也听得如痴如醉，让我心生愧疚，实在不忍心再编下去了。最后他们三人异口同声地申请去我的农村小住几日，我便满口答应了。暗思忖，一定要好好招待他们一下，以报答他们对我的完全信赖。

第二天一早我出门前，王姑姑端出早餐，我说要留着肚子去城隍庙，她没有勉强我。公共汽车刚到站，一眼就看见班长都已经到了，我高兴地跑过去，看他拿着一包小烧饼，说这是此地特产"蟹壳黄"，我们趁热就吃起来。哇，小巧玲珑的"蟹壳黄"又酥又香，味道极好。我心想着一定要买点带给爸爸妈妈尝尝。我们边吃边向豫园走，快到大门，忽见王兴国举着票向我们频频招手。我的心一下子凉了半截，他怎么又来了？看他兴致勃勃的样子又不便表现出来，只是问他怎么也来这里，他说："跟你们一起玩多热闹啊。"说着就领着我们往前走。看看班长，他像个泄了气的皮球。走了几步他说："有他陪你我就回去了，正好家里有点事。"

我期待地看着他说："一起玩吧？"

但他还是走了。王兴国兴致勃勃地带着我参观豫园，他一边走一边滔滔不绝地讲述着豫园的历史。我带着一丝失落的心情，默默地跟着他走，至于他讲了些什么我似乎没注意听。走出了豫园来到别具特色的城隍庙里东看看西逛逛，兴致便又高了起来。琳琅满目的小工艺品和花样繁多的小吃占据了大多数店面。到了吃午饭的时候，城隍庙里小吃的品种不要太多，看着每种都好吃，都想尝尝。我才吃上这个，王兴国就又跳过去排那个队。桌子上摆满了小碗小蝶，我们俩一样接一样地品尝。馄饨尤其精致，味道没得挑。一种把油条斩成段儿加入虾皮、榨菜和酱油的吃法也新鲜，以前没这样吃过。小笼包的口味我也喜欢。王兴国看我吃得高兴，眉开眼笑。我又买了些烧饼带着，总算心满意足。

回到他家，王兴国就急不可待地对他姑姑说："真没见过像她这样的人，能吃下那么多东西可是还那么苗条。"

姑姑朝他挤挤眼，大概怕我不好意思。

可他不解地又重复一句："吃的多又不长胖不是很

好吗？"

　　姑姑赶快说："我们家的粮票总是有剩余的，我们吃不多。"

　　我才意识到人家城市里粮票是紧缺的。我们工人的粮食定量比他们高，我和小雯的饭量不大，所以没有什么挨饿的时候，竟然忘记大多数人粮票可是不够用的。临走时我悄悄地把随身带的全国粮票放了一些在枕头底下。

　　我和王兴国在外面逛了一整天，晚上躺在床上，眼前又浮现出班长在豫园门口与我道别时失落的眼神。明天我很想跟他一起玩儿，却没有他家的地址，他也不知道王姑姑的地址，我们就这样失联了。

　　联系不上班长，我在上海的最后一天就只能死心塌地跟着王兴国跑了。他带我去了外滩和南京路，那里比我想象的更加气派豪华。北京虽说同是大都市，可上海的风格完全不同，尤其是夜晚，上海外滩五彩缤纷的霓虹灯，热闹繁华的南京路，以及熙熙攘攘的黄浦江畔，都叫人流连忘返。我们漫步在灯火通明的大街上，体味着城市里的浮华与喧嚣。马路上的汽车风驰电掣，很像一条奔腾的大河，有一泻千里之势。看见江边有一个刻字摊，王兴国走过去，从口袋里掏出一支钢笔让人家刻上"辜予王兴国到此一游——黄浦江"然后送给我。要在平时我会觉得俗不可耐，但是今天我特别喜欢，高高兴兴收下了。

　　王兴国还专门指给我看外滩的一景：在江边不大的一片平台，一对对情侣，人挨着人，层层叠叠，都挤在那里，各谈各的，互不干扰。我饶有兴趣地仔细看了，觉得实在太可笑了。

　　我问他："为什么会这样，干嘛要这样挤着？"

　　他告诉我："上海居住条件很差，一大家人住在一起，没有地方谈恋爱，就都到这里来了。"

　　我嘲笑他说："瞎扯！上海那么大就非得在这里吗？别的地方不可以吗？"

　　他强辩说："环境很重要，气氛更重要啊。"

　　我仍然撇着嘴摇着头说："挤成这样有什么好气氛啊？"

　　他忽然向我挤下眼睛笑道："我也很好奇，咱们进去体验一下。"

　　说着他拉起我的手就往人群里钻，他在里面横冲直撞，打扰了好多情侣。我吓得心咚咚直跳，慌忙挣脱他的手跑了出来。奇怪那些被打扰的情侣无论男女都顾不上嗔怪，完全沉浸在自己的兴奋快乐中。看他们如此包容体谅，我心中有点小后悔，早知他们如此大度，真应该在里面多撞一会儿，还挺好玩的。王兴国听我一说大笑不止。

　　王姑姑给了一些布票、工业券，说让我买合意的东西。那可都是家家有定量的，怎么好意思用人家的呢。在百货公司里转来转去挑了两样不用票证的东西买了。王兴国陪着我在百货公司里逛，对我驻足观看的每一样东西，都煞有介事地评头论足，发表着自己的看法，一点也没有不耐烦的感觉。

在农村待久了，看见上海这种车水马龙的大马路就觉得紧张。过马路的时候我悄悄地捏着王兴国的衣角，眼睛就不需要慌张地左顾右盼，紧跟着他走就感觉安全了。结果还是被他发现了，他大笑着一把牵住我的手，边走边说："还说是北京人呢，根本就是一个乡下佬。"后来只要过马路他就牵着我。我有了安全感，也不在意他的奚落了。

我们两人走出熙熙攘攘的人群返回家中。王姑姑已经把我的东西整理好了，说好明天他们一起送我。他们一家人的亲切热情让我很喜欢也很舒服。第二天上午，他们送我到车站，当我坐进车厢后，王兴国又递进来一个包，说是买给我的好吃的。我推辞着，让他自己拿回去吃。

他说："拿着吧，都是你喜欢吃的小零食，我才不吃这些呢。"

姑姑在旁边说："他没时间吃，下午就回巢州了。"

我吃了一惊："怎么只玩两天？"

王兴国有些尴尬地说："还指望假期补习功课呢，谁像你那么轻松啊。"

火车徐徐开出，与王兴国他们挥手道别的时候，我忽然看见了班长。他身穿一件乳白色的短外套，十分耀眼帅气地

站在后面，手里捧着一个方方正正的包，远远注视着我。见
我看到了他，笑眯眯地向我招手告别。我兴奋地使劲朝他挥
动手臂，可惜火车一声紧似一声，轰隆隆地渐行渐远了。

为着没有早一点发现班长，心中的懊恼伴随了我一路。

开春了，兵团举行一年一度的春季运动会。由于平时文
化娱乐活动很少，生活很枯燥，这个运动会就成了全厂职工
期待的大活动。我和小雯都是体育积极分子，我们各自报满
了三个比赛项目。这天一早，在兵团军营里已是彩旗飘飘，
锣鼓声声了。工作人员在操场上忙着安置设备，运动员做着
各种各样准备活动。人们陆陆续续涌向操场，一群群一伙伙
说笑着打闹着很是热闹。别看是基层单位，运动会一样是有
固定程序的。大家各就各位，开幕式在雄壮的《运动员进行
曲》中开始了。每个单位的方阵前头，都举着自己的大旗，
训练有素地绕场一周，简单而隆重。

我在仪仗队中，走在所有方阵的最前面，所以最先站到
指定地点。我一面欣赏着各式列队，也一直环顾着人群和我
们厂的队伍，我在搜寻班长，很希望他来看我的比赛，因为
今天我有可能打破兵团记录。班长可不是喜欢体育运动的，
所以找不到他也是意料之中的，只是心里有一点遗憾。在左
顾右盼中意外地看见了刘宁生的哥哥。

刘宁生与我同车间同宿舍，关系特别好，她常约我到她

家去玩，就认识了她的哥哥刘沪生。可能因为她爸爸也是被"打倒"又被"结合"的干部，他们一家人对我都很好。后来刘沪生常到厂里来找我们两人一起玩。今天我和宁生都有比赛项目，他一定是专程赶来助威的。

宁生和沪生跑过来跟我打招呼给我加油，沪生塞给我一把糖果，说是能增加热量、提高成绩。

我笑他说："北京有句话叫'现上轿现扎耳朵眼儿'。"

他立刻接茬说："一点也没错啊，这才叫恰到好处呢。"逗得大家全都笑了。

我的第一个项目是跳远。在裁判处检录后来到沙坑边，就看见王兴国穿着一身运动服拿着一把木刮在沙坑里忙着。我记得他的项目在下午，奇怪地走过去问他："你是裁判吗？"他说："不是，帮你整整场地。"我轻叹了一声，真觉得他多此一举，做这种无用功。

我们厂里来观战的工友真不少，他们不断地给我打气助威，让我劲头十足。我刚把一块糖吃完，比赛就开始了。我的第一跳和第二跳成绩都不错，也不太费劲，总觉得还有提高的空间。可能是求胜心切，助跑用力过猛，最后一跳重重地跌倒在沙坑里。王兴国忽然冲进沙坑把我扶起来走出沙坑。这让我很恼火。

出了沙坑我就冲他嚷嚷："哪有进沙坑扶运动员的？你以为我是老太太摔跤啊，真丢人！"

没想到他嗓门更大："扶一下怎么啦！我跳远时就摔得站不起来。"

这么多工友在旁边，他也不怕现眼。气得我一扭身跑向下一个赛场。跳高赛场的观众更多，已围满了厚厚的一圈人，前两轮我申请了免跳，第三轮还没开始就听见王兴国在标杆旁与裁判吵了起来，我赶忙过去看了，原来王兴国提出横杆两头不完全一样高，让他们重调一下。裁判认为中间是准确的就可以。

我把王兴国拉到一边说："大家都这样跳，只要公平就行了。"

他反对说："那不一样，你是要破纪录的，两头不等高会影响成绩的！"

裁判倒是接受了意见，调整到位了。第三轮两跳轻松过关，王兴国走过去紧盯着裁判标尺。我走出人墙环顾一下周围，终于看到了班长，他坐在操场中央高高的排球裁判椅上。他看见了我，高兴地向我这边招手。一股热流涌上我心头，他果然来观战了，还找了这么一个好位置，所有比赛尽收眼底，心里暗自赞赏他的聪明。我的劲头更足了，格外用心地测量跳高助跑距离和步伐，在只剩下我一名参赛队员时，我把高度定在兵团记录之上一格，我精准地越过了横杆，如愿以偿地拿到第一名并破了兵团记录，引起了场上热烈的掌声和欢呼声。我仰头看了看操场中央的排球裁判椅，班长高高地举着双手使劲地在鼓掌。我情绪高涨，连休息时间都没停下来，又开始下面项目的练习。小雯的短跑成绩也破了兵团记录，手榴弹是冠军。她已经为厂里争得了三块奖牌。我的最后一项是 100 米跨栏。以前从没学习过这个项目，看着很好玩，所以想尝试一下。报名之后跟着刘沪生学了学，又练了几天，没打算拿什么名次。比赛快开始的时候，看见我们车间好多男女工友都挤在终点，大家对这个项目格外有兴趣。刘沪生显得很紧张，他认为成败与他息息相关，比赛开始前他一直不停在向我讲着跑跳要领和注意事项。由于是"玩"的心态，所以我很放松，在小组赛的成绩还不错，等总成绩公布出来，竟然也得了个第一名。连我自己都有点莫名其妙。工友们欢呼雀跃，为我们厂又争得了一块奖牌。沪生骄傲地说："名师出高徒嘛。"洋洋得意地又赶去给宁生加油了。直到这时我觉得有点累了，坐在跑道边歇息。王兴国拿了毛巾给我，坐到我对面，他兴奋地谈着刚才的跨栏比赛："别提多帅了，你眼一闭就跨过一个栏，一马当先，栏也不倒……"我回想一下，不记得为什么要闭眼，大概怕看见自己踢倒栏架吧。想想就这样也能拿第一觉得挺可笑。比赛还在进行着，可是我的肚子饿了，提议一起去旁边小铺吃点东西，想犒劳自己和王兴国，他欣然同意。

没到吃饭时间小铺里没什么人，找了张桌子我们对面坐下，要了两碗面条，香香地吃起来。他边吃边兴高采烈地议论着，他称赞我跳高的"背越式"如何好看，没有一个人能用这种姿势，他说报成绩的时候他如何紧张，我跨栏时如何遥遥领先……他喋喋不休，得意扬扬，好像比我还要兴奋还要自豪。我被他热情率真的情绪包围着。他本来就长着一张娃娃脸，此时如沐春风，满脸放光，那双灵活而有侠气的眼睛炯炯有神，真是好可爱的样子，我情不自禁地伸手在他的脸上揉了一下，他的话突然停住，两眼直直地看着我，我瞬间尴尬起来，停了几秒钟听见他说："这样不公平，让我也摸一下。"我站起身来就跑了。

有一天下午下班后，我在假山下看书，王兴国找过来扯着我就走，他说去见一个人。到了假山外面，看见一个身材微胖的中年妇女坐在山石上，王兴国忙不迭地介绍说这是他妈妈，为了学习上我对他的帮助特地来向我道谢的。我赶忙鞠躬喊了声阿姨，轻松地跟着王兴国席地而坐。

他妈妈望着我说了一句"果然是长得不错"。

我本想客气一句，可感觉她眼光中并没有包含欣赏的意思，又咽了回去。

王兴国迫不及待地说："她学习特好，文艺体育都……"

"听说你已经22岁啦？比我们兴国大两岁吧？"

没等王兴国说完他妈妈就对着我问，虽然我觉得这话有点唐突，但还是很有礼貌地回答了。

她又说："你在农村生活了三四年，能进工厂费了不少劲吧？"

我骄傲地回答她："一点没费劲，我还让过好几次名额呢。"

王兴国也接着话茬说："他们那里的人对她们可好了。"

他妈妈撇着嘴顶了他一句："幼稚！现在社会复杂，小心受骗上当。"

我也不知她是什么意思，没有搭茬。

他妈妈又紧接着问我："你是不是觉得在这个厂不好，想换个地方？"

我说："没考虑过。"

心中好生奇怪，这是从何说起？看她怀疑地摇摇头，我又不知说什么才好。想起王兴国说过他妈妈在劳动厅工作，大概这是她职业病吧。觉得话题很无趣，就扭头问王兴国明天的考试准备好了没有。

还没等王兴国回答，他妈妈又抢着问："听说你父母被迁到贵州山区去了？是有政治问题吧？"

我突然警觉起来，好像今天的谈话不正常。我扭头看看王兴国。

他对着妈妈着急地说："你干什么呀，为什么问人家父母的事情？"

"父母的情况不能问吗？有什么见不得人的吗？"

"你太过分了"王兴国喊起来。此时我感觉一股热血冲上头，知道来者不善了。

我克制着自己看着她说："我的父母是天底下最了不起的人。"

"看来你还没有跟他们划清界限嘛。"

"我爸爸已经'结合'了……"

"'结合'是便于使用，并不等于没问题！我们兴国的爸爸可是现役军人呢。"

我以前跟王兴国说过爸爸的事，大概他全告诉他妈妈了。

"叛徒！"我扭头瞪着王兴国，气得要命。王兴国满脸涨得通红。

"你说要来谢谢辜予对我的帮助，根本就是骗人，你太阴险了！"王兴国冲着他妈妈嚷嚷道，眼睛里含着泪光。

这话激怒了他妈妈："我有什么感谢她的，比你岁数大，天天缠着你，去趟上海还要你送，还要住在你姑姑家，多有心计啊，我倒要看看她是什么目的。"

"你根本就是诽谤诬蔑！"王兴国跳了起来。

"是你太幼稚了，她就是想攀上你这个傻瓜！"他妈妈不依不饶。

我已气得说不出话，眼泪大颗大颗落了下来。

"我告诉你说，她从来没有缠着我，是我喜欢她，是我缠着她，我就是要跟她结婚。"

几乎同时，我也对着他妈妈说："我从来没有缠着他，我早就心有所属。请你放一万个心吧！"

虽然都被气昏了头，但我们俩还是被对方刚才的话都吓了一跳。我扭过脸去看他，他也一脸惊讶地看着我。

他妈妈恶狠狠地对我说："不管你要什么花样，我都不会让你得逞。"

我被气得什么话也说不出来，扭身就跑了。身后传来激烈地争吵声。

我跑到工厂外面的水塘边，坐在那里抱头大哭。先是气他妈妈恶语伤人，毫无缘由地拿小人之心度君子之腹。后又气王兴国莫名其妙，好端端地把我叫去受一顿屈辱。我越哭越伤心，满肚子的气愤和委屈，全部发泄出来。

等我哭够了，气渐渐消了。又回想起王兴国最后那一席话，虽然是被他妈妈气得脱口而出，但那毕竟是我第一次听到这样的话，心中还是有别样的感觉，反复琢磨着，是随口说的，还是真这么想的？不管怎么说，心里有点感动、有点美……抬起头来，看见月亮已爬上了天空，那月光怜悯又慈祥，我仰着头呆呆地望着……

虽然是满月，天上却有一层淡淡的云，所以不能朗照，但我以为这恰到了好处……忽然发觉这是朱自清先生《荷塘月色》里的一段描述，竟这样自然地从脑海中流淌出来，索性又应着景默诵了一段：像今晚上，一个人在这茫茫的月色下，什么都可以想，什么都可以不想，便觉是个自由的人。白天里一定要做的事，一定要说的话，现在都可以不理。这是独处的妙处，我且受用这无边的荷香月色好了。

为着与朱自清先生有同样的感受而沾沾自喜。我顺手摘了一枝荷叶举在头上，取个名字叫"月亮伞"，自己觉得很有诗意，得意了一番，打着"伞"就回去了。

快到宿舍的时候，王兴国忽然从路边的树下蹦了出来。奔过来急切地问道："你到哪里去了，我到处找不到你？"我本来气已消了，可是为着刚才的事还是不想理他，看他焦急地等我回答，便顺口说："想去自杀，后来舍不得妹妹就回来了。"他"啊！"地大叫了一声，弯下腰把头伸进我的"伞"里，紧盯着我看，他那满脸的惊恐让我实在忍不住，把他的脸往外一推就偷笑了起来。他呆呆地站在旁边一脸狐疑地看着我，大概觉得我不太正常了。就趁这工夫我一溜烟跑回宿舍去了。

第二天是星期天，上午我来到假山下待着，脑子里胡思乱想着。忽然看见地上的影子，我发现王兴国已经在上面了。一直没听见他的声音，估计他还在对我的状况紧张着呢。我自己想想，昨天晚上打着荷叶回来就已够古怪，又那样怪异地笑，是不是会让他感觉不对。我突然一个奇思妙想：

继续作怪，整整王兴国。于是我先唱了几句京剧，又唱几句英文歌曲。我注视着地上的影子，他的头一会儿伸出来看看，一会儿又伸出来看看。我强忍着笑，背诵杨子荣在百鸡宴上那段黑话，正说道："脸怎么又黄啦？防冷涂的蜡……"他嗵的一下跳下来，满脸涨得红红的，紧皱着眉头问我："你到底怎么啦？为什么不看书？"

我凶巴巴地说："你管不着！"

说完转身就跑，到了他看不见的地方，我又笑了出来。

晚上夜校上课时他没跟我说话。政治讨论课，我本来就不喜欢，在桌子里东翻翻西摸摸，也不知想干什么。老师突然叫我谈谈中国革命对世界革命的贡献。我站起来张嘴就说："火药、指南针、地动仪、印刷术。"全班哄堂大笑，只有王兴国没有笑。

下课后，班长把我叫到一边问我："今天中午在食堂，我看你眼睛肿肿的，现在上课又心不在焉，是不是有什么不舒服？"本来心情已平静，被班长这么一关怀，心中的委屈又涌了上来，不知该怎么说，一仰头又把眼泪收了回来。班长看了我一会，就把我拉到楼道外没人的地方小声问："怎么啦？能告诉我吗？"我简单地把王兴国妈妈的话学给他听了。

我说："我从来没有那些想法，她怎么能这样冤枉我呢。"

班长笑起来说："她怎么想是她的自由，你不去管她就行了。"

我说："是她找我麻烦，我能怎么办？"

班长说："你离他远点不就行了吗。"

我不知他说的"他"还是"她"，反正点头称是。回宿舍的路上，班长与我说说笑笑，心情好多了。他还主动给我唱了一首歌《美丽的哈瓦那》，那音色、音准、乐感、节奏都是一流的，好听极了。我一下跳到他面前，请求他再唱一首，他大大方方又唱起了西班牙歌曲《鸽子》，美妙动人的旋律令人回肠荡气。我完全陶醉他的歌声里，心中的不快也烟消云散了。

第二天王兴国没有来上班，他们宿舍的人说是请病假回家去了。我猜想他是偷懒了。但一连三天他都没来。我真的不安起来，怎么会要休息这么多天？会不会有什么事啊？下午下班后，王兴国同宿舍的于杰跑来告诉我说："王兴国在厂门外，他让你去一下。"我心慌了起来，不知发生了什么事。到了那里，王兴国迎面走来，我正准备问他，忽然看见他妈妈也在后面，我吓得要命，扭头就跑。王兴国一把拉住我，让我等等。

我挣扎着对他嚷嚷："你们要怎么样，还嫌不够吗？你让我走！"

与他推搡着，因为用力过猛脚下一绊就和王兴国一起摔倒在地，我很快就爬起来，可王兴国躺在地上一动不动，我吓了一大跳，一看他两眼紧闭，摇也摇不醒，不知怎么了，他妈妈跑上前拍打着他，我赶紧到路上拦了几个人帮忙把他送进厂医务室。他妈妈跟大夫说了几句话，大夫立刻给他输上液。这时我才注意到他的脸，那样子让我吃了一惊，脸色苍白，两眼深陷，嘴唇干皱。我看他妈妈在旁边，赶快问她怎么回事。

她眼泪汪汪地说："他一定要我来向你道歉，我不肯，他就绝食了，就成了这副样子。"

这时王兴国睁开眼看着我，我突然泪如雨下，对着他的脸说不出话来。在那一瞬间心中好痛。

他慢慢地坐起来有气无力地对他妈妈说："你还没有道歉呢。"

我赶忙制止他妈妈："不用不用，不用道歉，您的担心我能理解，我不怪您。其实我早就没事了，你们放心吧。"

看着他妈妈那无助的样子，我哪里还有责怪她的意思。她听了我的话如释重负，说去做点吃的东西再来，就离开了。

我坐在王兴国的床边问他："你怎么那么傻？"

"我真的对不起你，我妈妈更对不起你。"

"我的气早就消了，你还提它干什么。"

"你没有，我知道。"

我突然想起自己的恶作剧，破涕为笑。王兴国又是那副迷惑不解的表情。我告诉他前两天我是故意逗他的，没有神经错乱，也早就不生气了，让他不必在意了。可是他还是坐在那里低头不语，我以为他的心情会慢慢好起来，但是他没有，他又躺了下去，翻身向里不再说话了。我问他有不舒服吗，他说想休息。我只好呆呆地坐在一旁。直到他妈妈送饭来，他才缓缓坐起来，也只吃了两口就不肯再吃了。我一下子又哭了起来，我自己也不知为什么，他们两人都愣住了，王兴国赶紧吃饭，但是直到他吃完，我的眼泪还是收不住。只好跟他们说了声再见就出去了。

我在厂里转了好几圈，心里那么难受。我害王兴国这么受苦，我更不应该为自己开心而伤害他，他为了我竟然绝食了。我觉得我很对不起他。想到他原本神采飞扬的娃娃脸上被愁容和沮丧笼罩着，眼泪就止不住。

后来听到有人叫我，回头看见班长。

他跟上来对我说："哭够了吧，我带你去散散步吧。"

我跟着他走出了厂门，他一直在说话，可我一点没有听进去，心里就是不踏实，脑子里总是出现王兴国的那张脸。

过了一会班长轻声对我说："我们一起去看看王兴国吧。"

我立刻转身往回走，心里真是很感激班长，他那么善解人意又那么体贴入微。

当我们回到医务室，在门口碰到于杰，他说王兴国没事了现在就回宿舍。我们进了门正看见王兴国迎面走出来，三个人都站住了，对视了几秒钟，王兴国面无表情地从我们面前走过去，径直回宿舍去了。我的眼泪又流了下来。他的不理不睬让我心里好难过，看他深凹的眼窝，我也好难过，他无神的目光让我更难过。班长轻推了我一下说："我们也回去吧。"我们一路走回宿舍，再也没说一句话。

我唯一想做的事就是让王兴国的身体快点好起来。我记得甲鱼是对体虚的人最好的营养品，可是在城里我从来没见过，但是我们乡下肯定能买到。于是我跟师傅调休了两天，去乡下买甲鱼。那天早上天蒙蒙亮就出发了。我要去乘长途汽车到丰盛县，然后搭顺路的车或者走60里到镇上，再步行18里回我们郢子，必须加速赶路才行。还算顺利，紧赶慢赶到了李二叔家已经是下午四点多了。我告诉他们想去集上买点甲鱼，不知有没有？二婶立刻叫小英子跑一趟，说她一定能搞到。小闹见到我高兴极了，我把带来的糖果点心交给他，让他分给小朋友吃。还有前不久二婶托我买的药品也带来了。吃晚饭时小英子回来，不但买到了5只甲鱼，还用湿草分别包裹得好好的，据说能放10天以上。小英子办事从来是这么妥当。在二叔家住了一晚，第二天一早就往回返了。等我下了公交车回到工厂已经夕阳西下，看见王兴国正在厂门外的路上来回走着，我可高兴了，正好可以把甲鱼交给他。

他朝我跑过来，又是那张焦急的面孔："你干什么去了？

怎么两天都不上班？”

我得意地举起那包甲鱼让他赶快拿回家煮汤吃。

他接过去问我："哪里来的？"

我告诉他："从我们乡下买来的。"

他的反应真快，立刻问："那你这两天走了一百多里路？"

说完一下坐在马路牙上，低下头半天不动。我蹲下去把头插进他的头下将脸扭过来看他，正好他的一滴眼泪掉在我的眼角旁，我顺势把他的脸抬起来。

我指着这滴眼泪说："你猜这滴眼泪是你的还是我的？"

把他逗笑了。我坐到他旁边。

我们俩几乎同时说："我想跟你说……"

然后我让他先说，他让我先说，好像都有点不自然。

最后我提议："我喊一二三咱们一起说吧。"他同意。

我喊完一二三我们两人说的话居然几乎相同："我想问问那天你跟妈妈讲的是真话吗？"

太神奇了，这样的不约而同，我们两人面对面看着哈哈笑了起来，把这几天的阴霾统统冲散了。

他正色道："我说的全部是实话，是心里话，是平时想说又不敢说的话。"

我的心跳怦然而起，不知怎么回答。

他好像怕我说话似的抢着又说："我后悔极了，你就当没听见吧。”

不知是什么意思，我疑惑地望着他。

他仰头看着天空大喊道："我要加油！你等着瞧吧，等到我有资格时再说那些话。"

平时因为他的话特多，我很少对他的话认真过，今天本想闹清楚他的意思，被他这么翻过来调过去的一说，倒是莫名其妙了。

他还是不等我说话又急忙说道："我知道你不信任我，没关系，我不要你表态，你只要答应像以前一样对我就行了，好不好？"

看着他认真的面庞，我不能说没有被他的话打动，我也不能否认真的很喜欢他，我从心眼里希望还像过去一样与他相处。我欣然点头答应他。他跳起来，高兴地手舞足蹈。

他又弯下身在我耳边小声地加了一句："你不可以'心有所属'。"

突然在我脸上烙下一吻，向汽车站飞奔而去，让我大吃了一惊。

晚上躺在床上，尽管两条腿又酸又痛感觉很累，但是怎么也睡不着，一会儿想想王兴国见到我时那焦急的神情，一会儿想想班长令人荡气回肠的歌声，一会儿又是王兴国妈妈满含敌意的双眼……回味最长的就是那一句"你不可以心有所属"和脸上那突然的一吻，心里七上八下，慌慌的、乱乱的、甜甜的……说也说不清楚，理也理不出头绪，真的是"剪不断，理还乱，别有一番滋味在心头"。

第二天早晨在食堂看见不远处的王兴国时，我有些意外的心慌，便躲着走了。可王兴国偏偏拿着一个瓶子找了过来，说道："我在家吃过了，这是带给你的甲鱼汤。"

我不肯吃："专门给你补身体的，你干嘛给我啊？要是你妈妈知道了又要惹是生非。"

看我坚持不吃，他妥协道："下次我再也不带了，今天不吃就坏了，千辛万苦搞来的。我们两人分了吧。"

我答应了，我们美美地一起分享了甲鱼。

刚一进车间，班长跑过来问我这两天去哪了？我告诉他，回了趟农村，买了甲鱼送给王兴国。

他有点责怪地说："你为什么不告诉我一声，我可以陪你一起去啊。下次不要一个人往返这么远的路，万一赶不上车，太危险了。"

我点点头，心里暖暖地干活儿去了。

我们厂在城市郊区，虽然进城有公共汽车，但是我们一般都愿意搭乘自己厂的"试车"。我们厂制造的每一台发动机和底盘，在出厂前都要安装在汽车上进行测试，在通向我们厂的马路上随时都能看见这种车。

有一次我进城买东西回厂时，就搭了这样一辆"试车"，坐在副驾驶的位子。快到厂门口时突然路边一个小孩冲上马路，司机猛的一脚刹车，小孩没事，可我的头猛撞在前挡风玻璃上，玻璃立刻碎裂了，我的头一阵眩晕后鲜血流了下来。

我十分抱歉地问司机："玻璃碎了怎么办？"

司机大喊道："满脸都是血了，还管什么玻璃！我送你去医务室。"

到了医务室，那些大夫真行，进来就把我那片头发一剃，粗针大麻线地缝了六针。因为头晕晕的，我在椅子上坐了好长时间才回了宿舍。没想到夜里发起了高烧，又被同宿舍的工友送回到医务室。大概是因为消毒不完全而发炎了，所以马上被收住了院，立刻进行了静脉输液消炎。第二天清晨，我感觉伤口肿了起来，头像要炸裂一样疼痛，高烧仍然不退，浑身难受极了。这还第一次躺在病床上，不知不觉伤心起来。在这里我和小雯常常想念爸妈，尤其是在我们两人各自的轮休日，本地的同事都有家可回，我们无处可去，心里总是闷闷的酸酸的。这会儿天刚蒙蒙亮，照顾我的工友趴在床边睡着了。我靠在床头上望着窗外荒凉的小院和破旧的房屋，不由得一阵心酸，眼泪顺着耳边流下来。

早饭后小雯赶来了，她正好下班，听到消息后立刻跑过来，一直守在我身边。同宿舍的工友也来看我。班长下班后也来到这里，他换小雯和其他同事回去休息，一个人留了下来。他很着急，一再把大夫拉过来，让他们看伤口、看温度，问病情，把我头上的湿毛巾换了又换，好像有力使不出的样子。

忽然王兴国气喘吁吁地冲进来，一边把我的东西往尼龙袋里装，一边命令道："赶快起来穿好衣服，转院了。"

我和班长莫名其妙地看着他。

他又解释说："这里根本不行，别耽误了，我跑了趟市立医院，现在有床位，赶快去吧！车在外边等着呢。"

我认为很快就会好的，不用那么费事转院了。

但是王兴国坚持说："我问了市立医院的大夫，这个部位是危险区，炎症必须及时控制，否则后果很严重。"

班长也很支持，我们就动身了。医务室外面停有一辆"试车"，我坐进了前面副驾驶座，他们两人同时爬上了卡车箱。

到了市立医院后，王兴国对班长说："你累了，回去休息吧，我在这里就行了。"

班长坚持说："我明天休息，还是你回去吧。"

王兴国不由分说，连推带搡地把班长塞进了副驾驶位子。车开走了，王兴国转过身来脸上透着一丝笑意，扶我进了医院。诊断后果然被安排住院了。大夫重新处理了我的伤口，做了化验，接着又开始输液了。等王兴国再进来时，手里提着个大袋子，像圣诞老爷爷一样从里面变出一堆东西。

除了吃的用的，还有我在宿舍织了一半的毛衣，真亏他想得出来，逗我笑得伤口直疼。尽管我烧得头昏脑涨，还是想看着他的一举一动。他又拿出一个小本子，趴在床上画格子，我问他干什么，他说要记录我的体温变化。并且将一只自己带来的温度计放在我的枕边。他忙里忙外，不但忙我的事，还帮其他病友的忙，那份热情洋溢，那份细致入微，让旁边的人赞不绝口。

我一直在发烧，总是迷迷糊糊似睡非睡，隐隐约约做了一个梦：我身着古装，提着一篮蘑菇走在一个树林中，突然跌入一个深坑里爬不出来，正在惊恐焦急，班长似"秀才"打扮，路过这里，他急忙伸手拉我，但够不到，他即刻将自己的长衫脱下，撕成布条，要编成绳子拉我上来。这时只见王兴国一身银色盔甲，骑着一匹白马从林中疾驰而来，看见这般情景，跃身下马，嗖的一声就跳下坑来，让我踩在他的肩头爬上了坑。我心中自是一番惊喜。

当我睁开眼睛，就见王兴国正坐在床边用毛巾为我擦汗。我满脸感激地对他说："谢谢你救我！"他哪里知道这一声谢是为着梦中的搭救，却被我谢得局促起来，他羞涩地笑着说："不至于吧？"

我的高烧退下来，精神马上就好多了，吃过晚饭后就靠在床头织毛衣，王兴国也靠在我旁边静静地看着并不说话。昏黄的灯光照在他的脸上，那一份和气与恬静，是我从未见过的。

我问他："你也有这么安静的时候啊？是在这里假装深沉吗？"

他笑而不答。我故意让他帮我织毛衣，他就拿起来织，那副认真笨拙的样子好可爱，一种温情淡淡地笼罩了我。

一连四天王兴国都没有来上班，师傅说他请事假了。我去过小假山，以为在那里可以找到他，但是始终都没有看见他，我有点奇怪了。直到一个星期后，收到了一封他寄自北京的信。

他告诉我说："我像一只猫一样，被爸爸妈妈提到了这里，他们完全不跟我商量，就安排我去香港探亲（当然还有其他计划，信中不方便写，见面再说），那边的手续他们竟然都已办好了。这两天就在北京办签证……"

我实在太惊讶了，在这种年代里还能去香港探亲？真是神通广大。还有什么计划？什么事不能在信上说，要等到见面呢？我猜测着、担忧着。

过了几天又收到他的一封信："我在这里等签证办下来才能回去，如果签证办好，我是无法不去了。但是我要对你说，我去转一圈就回来。你一定要等我……"

我越发的奇怪，探亲不过十天半个月，有什么等不等的问题呢？我还是没有给他回信。后来，我不断地收到他这样的来信，全然不知发生了什么事情。

直到一个多月后，有一个男孩子送来一张去北京的火车票和一封信给我。打开信，是王兴国写来的，他说要直接从北京乘飞机走了，让我一定来机场送他，说是有很重要的事情对我说。此时，我心里已经被他的神神秘秘搅和得恍恍惚惚、忐忑不安，考虑了一下，决定去看看到底是怎么一回事。

按照他给出的时间我赶到机场，刚一进大厅，王兴国就跑上来，抓住我的手，焦急地叙述起事情的缘由：原来他的父母是把香港作为跳板，要他转去美国读书，有一些人已经这样运作成功了。所以他们也依样办理。王兴国指指远处，我看见他的妈妈站在那里，她带着胜利的微笑跟我打了个招呼。王兴国把我拉到座位上坐下，自己蹲在我面前，这时我才看见他是那么憔悴，脸上愁云密布。

他依然紧紧握着我的两只手急急地说："现在他们把一切都办好了，我不能不去，但是我已经想好了，我去一趟就回来，估计也需要一段时间，我尽量地加快，你一定等着我好吗？我是一定要娶你的，我知道我现在配不上你，但是我一定努力，我不会让你失望的，你等着瞧吧，我会做一个配得上你的人，你相信我好吗？现在我不要你答应我，只要你等我回来就行了，你等着我好吗？"

他急切地不停地对我说着、重复着，满含期待的眼神一直望着我。我完全被这突如其来的事件搞得晕头转向，思路一直被他牵着转来转去，不知怎样梳理眼前出现的一切。我没有回答他，我一直默默无语。知道他要离开了，又是那么遥远而陌生的地方，也不知什么时候才能回来，要我等着他，这意味着……心里涨得满满的全是说不清的滋味。我问自己能答应等他吗？如果是能，那为什么此时此刻我觉得那么茫然、那么空虚、那么慌恐呢？如果说不能，可是我知道我很喜欢他，我知道我不愿意离开他，我也当然相信他能成为一个了不起的人。我反复在问着自己，反复在催着自己，可是越问越找不到答案，越催越不知说什么才好。看见他的眼里漾起了泪光，让我的心里好痛，眼泪也涌了出来。登机的时间到了，他要走了，他真的要离开了。我的心慌得像要窒息。他站在我面前一直看着我，我的心底浮上了无以名状的不舍与不忍，我眼看着他那目光中燃烧的希望渐渐黯淡下去，变得无助又悲哀。他拿起了行李，好像想起了什么，掏出一张卡片递到我手中后，带着满脸的愁绪，向我挥挥手转身而去了。我低下头，打开卡片，那上面是两行书写稚嫩的英文：You may only be a person in this world, but for someone, you're the world. 那一刹那，意识到这个人就要从我的生活中消失了，不禁悚然一惊，我不能让他这样离去，我要他一定回来！我要告诉他，我一定会等他，我一定等他回来！

我突然向着那个渐渐远去的背影奔去，到了他背后，我一下窜上了那个宽宽的肩膀，对着他的耳朵大声说："你放心吧，我一定等你回来。"

他被我撞了一个趔趄，转过身来，一瞬间，那张没露出过一丝笑容的脸突然绽放出光彩，他扔掉手上的行李，双手将我围住，在大厅中悠了起来。那一刻天旋地转什么都不存在了，那一刻只有我们的笑声在回荡，那一刻整个世界就只有我们两个人，生命中最美的风景永远定格在了那一刻。

到了不得不离开的时候，他停下来，神采奕奕的脸上多了一份温柔和幸福，他飞快地在我的脸上吻了一下，拿起行李，跑着跳着去追寻队伍了，在转弯处他回过身，带着满脸的生动和活泼大喊了一句："请你别忘了，我要娶你。"用力地挥挥手，离开了我的视线。

从北京回来已是下午，班长来宿舍找我，问我到底发生了什么事情。我把他拉到厂门外的马路边坐下，简单地叙述了过程后，很艰难地告诉了他，我答应王兴国一定等他回来了。

一向温文尔雅话语不多的班长突然满脸涨得通红，激动地连说话也变得结巴起来："你怎么能……你怎么会……他怎么能要求你做这种承诺呢？你怎么会这么轻易地答应他呢？……他这一走要多少年？你知道吗？你要等他多少年？……他去的是美国，那是个老牌资本主义国家，你知道'近朱者赤，近墨者黑'吧？到了那种地方他会变成什么样子，你知道吗？你要用你的大好时光去等他吗？……我真不懂你，我都觉得自己还没有资格要求你做我的女朋友，可你竟然要等他？太奇怪了！……你就算不忍心，那也不能答应这种事啊！……你们两个可真是一对活宝，做出这么幼稚的事情来！……"

他不停地摇着头，断断续续说了好多话。然后变得安静了，不说话了，一直坐在那里，低头不语。其实我的心里也很难过，面前这个我欣赏了那么久、倾慕了那么久的一个人，一瞬间被我画上了句号。一切都来得这么突然，一切又恍如在梦中，我不知道自己的决定对不对，我不知道以后的路该怎么走。我无言以对。就这么沉默着不知过了多少时间，天色已暗，昏黄的路灯照亮了我们眼前的路。

班长恢复了原有的和气对我说："你既然已经答应他，就等他吧。不过我和你做一般朋友你总不会反对吧？"

我点点头，听他接着说："那以后我们还像过去一样相处，我们就当好同事好朋友吧。"

一时间感动、庆幸、失落一齐在心中涌动。我好佩服他有这样的豁达和开朗，也感激他对我这一份不懈的感情，能有这样一个好朋友真是我的幸运。

　　王兴国走了以后，每隔一个星期左右，就能收到他的一封信，他述说香港的所见所闻，满篇尽是新奇与惊叹。他说："你绝对想象不出来外面的世界是多么精彩，我觉得香港就像是书中所写的'天堂'，这里的商品琳琅满目根本看不过来，我全都不认识，衣服样式千奇百怪，好吃的东西多极了，而且买吃的不要点心票和糖票，买衣服不要布票，买毛线也不需要工业券，总之什么都可以随便买。我太奇怪了，他们为什么能生活的那么好？我们为什么就不能呢？"他也自夸自己英语学习的成果显著，述说他对我的想念与日俱增，字里行间充满着快乐与深情。读他的信是我最兴奋最开心的事，每天下午下班后我就跑到我的小假山下，把王兴国的信拿出来一遍一遍地看，我随着他的描述，无限地想象着天堂般的香港，也尽情品味着他甜蜜的心里话……这种快乐的时光只属于我一个人。

　　大约两个多月后，他去了美国。在来自美国的信中，他告诉我，他住在亲戚家先补习一段时间的英语，然后再进美国学校学习。他又给我描述美国，他说这里最让他奇怪的一个现象，就是他亲眼看见，在市中心有很多人把总统的画像当众烧毁，竟然没有人抓他们，报纸上天天能看到骂政府骂领导人的文章，他不解地问亲戚那些人没有危险吗？可亲戚们都说这是很正常的现象。他说很替那些人担忧呢。我能够看得出来，他写信很谨慎，很少发表评论。美国的信不能直接发往中国，所以还是要从香港转寄。后来的两封信说到他因为没有学历，不能直接入学，必须补习相应的课程，获得同等学力才行。他说："既然是补习功课，就没有必要花费这么高昂的代价在美国耗着，我决定三个月后，英语课结业就回国。"

他到美国后，我总共收到他的三封信。然后就再也没有收到他的信了，我猜想他一定是在美国学习压力大，没空常写信了。所以耐心地等待着。可是两个多月过去了，一封信都没有，我每天往收发室跑，每天问他们有没有信，收发室的老太婆沉着脸不耐烦地回答着我（她们是军属，在厂里向来是居高临下的）。发往香港的信不见回音，我不知发生了什么情况，做着各种各样的猜测。香港是英帝国主义的统治区，那边的来信会不会受检查啊？王兴国说那边生活好，算不算有政治问题啊？他的信被监控了？我琢磨来琢磨去，找不到答案，心中忐忑不安，心情也总是闷闷不乐的。

周末或放假时班长总拉着我和小雯一起出去玩，有时打打球，有时去公园，海阔天空地瞎聊聊。但是我的心里还是沉甸甸的。

我继续往香港写着信，并且更加斟词酌句，我也告诉王兴国不要再说美国的事情，只谈自己就行了。我给了王兴国一个建议："既然不能上大学，何不专攻一门英语呢，把英语学到顶级，回来比国内英语专业的研究生还棒，岂不是成果

辉煌，也不虚往美国跑一趟。你妈妈也会很满意的。学多少
时间都没关系，反正我等着你。”

　　我依然每天去收发室找信。就这样心里慌慌地过着日
子。终于有一天，我发现了问题，那是一天下午我去收发室
查信。

　　那个讨厌的老太婆对我说：“这么长时间没有信了，还老
来找什么啊，人家在美国说不定找了个蓝眼睛黄头发的姑娘
呢，你就别惦记了。”

　　我立刻意识到不对劲，我收到的信全是来自香港的，她
如何知道人家去了美国呢？我马上追问她，被我突然发问，
老太婆一时语塞，满脸的慌乱，张口结舌答不出话来。我觉
得这件事有点蹊跷，便硬说他们私拆我的信。

　　可她信誓旦旦地说：“自己家的事都管不过来，谁想看你
的信啊？”

　　我紧接着问：“是王兴国妈妈扣了信吗？”

　　老太婆的眼睛有些游移，嘴上却说着：“我们不认识她，
不过人家妈妈如果管自己的孩子，也没有什么不对吧？”

　　说的话显然底气不足，我想到过是王兴国的妈妈在设法
扣我的信，现在看来一定是这样的了。我知道硬要是要不出
来的，我没说什么就离开了。但是我想好了可以在收发室外
等邮递员。我几次在邮递员刚到的时候进去，要求找信，但

是老太婆都以先分拣，后取信为借口阻止了我。我实在气不过，有一次在看见邮递员把信袋交给了他们，我算好时间正是他们把信倒在桌子上分拣的时候，冲了进去，一下子把桌子上的信全部胡捋到地上，信撒开了一地，我一眼就看见了一封与众不同的境外来信。我拿起信就疯跑出去了。这次成功我兴奋极了，也是老天助我，正好是王兴国的信。对我来说这封信太重要了。

他在信中说："你突然收不到我的信，而且这么长时间一封都没有，不知怎么回事，我急死了，我一直在写信，你不会不相信我吧？我在这里的日子也很难受，我的这位老姨妈完全按我妈妈的意思摆布我，她制订我的学习时间、我的课程选择、我的打工计划，甚至我要去商店给你买东西她都会干涉。我每天都在盼望着和你见面的这一天。但我还是接受了你的建议，把英语专业彻底拿下，以我的进度再加三个月就行了，可是又延长了咱们分别的时间，我只能咬牙熬了。这里有语言环境，专攻一门英语，学习效果确实特别好，我的成绩超好。等我回去，至少英语比你强……"

王兴国的刻苦和进取精神，我在夜校里是见识过的，我完全相信他能学出好成绩。从他的信中我也看到了他的热情依然如故。我又变得轻松快乐了，我再也不去收发室找信了，就这样踏踏实实地等待着。

利用这段时间，我也开始攻读英语，想跟王兴国赛一赛，等他回来的时候，英语肯定不如他，但也不能差的太远啊。有这个动力，我除了上班干活以外，其他的时间全部用来攻英语了。因为知道王兴国的计划，我兴奋地盘算着日子，想象着见面时的一幕幕。

但是，一个月又一个月过去了，他返程的日期早已超过了，仍然没有任何消息，就算有点耽误，也不会这么长时间啊，我渐渐有种不祥的预感，变得越来越焦躁不安。书也读不下去了，英语学习中断了。因为找不到答案，又没有任何办法寻找答案，不免在夜深人静里独自流泪，只有天上的月亮和星星默默地陪着我一起这样等待着。

思来想去，何不给王兴国的妈妈写封信，直接问问呢？我终于鼓起勇气，拿起笔写了一封信，寄到她的办公室。

我信中写道："我与你一样，一直写信鼓励他，希望他珍惜这个学习机会，不要急于回国。可是因为你扣押他的信，他为我总收不到信而焦急担忧。所以他现在急于要回来，这一定不是你愿意看到的。我希望你不要再扣他的信了，因为无论是收到或收不到他的信，我都一定会等他！"

没想到的是王兴国的妈妈来找我了，还提了一兜鸡蛋送给我，态度十分客气，她一再道歉说："实在对不起，是我不好，现在我绝对不阻拦你们来往，你们通信吧，我希望你们好好交流交流。他学有成效对大家都好嘛。"

我没想到自己的一封信有这么大的效力，她的举动与话语超乎我的意料。我赶忙问她王兴国的近况。

她只是说："有点不认真学习，你劝劝他吧。"再想多问，她也不说什么，只是一再叮咛我，千万不要把她扣信的事告诉王兴国，然后忧心忡忡地走了。她走后我庆幸问题就这样轻而易举地解决了，另外又懊悔为什么没早点想出这个办法呢。

从此以后就可以收到王兴国的信了，什么情况都明了了，我快要高兴疯了。

但是，事情并不是我想象的那么简单，自从王兴国妈妈开放我们的通信自由后，我一直没有收到过王兴国的信。回想他妈妈当时那样子确是真心希望我们多交流，不会再扣信了，那他为什么不给我写信呢？我的信他又为什么不回呢？我突然不解了，也突然担心起来了。记得班长说过，美国很黑暗。不知到底有多黑暗？书中也常写，感情是经不住时间考验的，不知多长时间是极限？

我总以为王兴国很快就要回来了，总以为这种音信全无的日子快要到头了。但是，都没有。班长和小雯都猜想还是王兴国的妈妈在捣鬼。我对他妈妈的为人也早已不信任了。想了想还是收发室那个老太婆比较好对付，决定去那里探个虚实。这次，我直接凶巴巴地找那个老太婆要信，结果她却诚恳万分地告诉我，真的没有信，并且说可以让我直接在邮递员手里找信。这样，我就没有必要再去了。这回我真的相信了，是王兴国已经不再给我写信了。不管我心中如何挣扎，这确是事实了。这个事实像一块巨石压了下来，我全无招架之力，我不知道如何是好。心情低落到极点。那个喜欢的小假山不想再去了。有个下午，我拿了小提琴，去找厂里杂草最深的地方坐进去，轻轻地拉起我的琴，在落日的余晖里，沉溺在小提琴忧伤的旋律中，让眼泪慢慢的滑落……不祥的预兆挥之不去，心中的忧郁也无法排遣。王兴国走了一年多的时间，我越来越茫然，既弄不清发生了什么事，也不知今后的路将如何走下去……

不记得又过了多久，王兴国的妈妈约我去长河公园见面，说有事要谈。我感觉像是出了什么事情，不然她哪里会主动找我呢。我赴约时，虽然有勇气却还是不免心慌意乱。到了那里，看见除了王兴国妈妈外，还有一个温文尔雅的中年男子。经介绍知道他是王兴国的香港表哥。我们找了一个僻静处对面坐下。我满腹狐疑地望着他们，不知将要面临的是什么。王兴国的妈妈看上去比上次见面时已瘦了许多，两只眼睛茫然无神，一副精疲力竭的样子，她显然无心与我寒暄，有一句没一句的搭讪着，倒是那位表哥问长问短，与我不停地交谈着，当我问到王兴国的情况时，他说一会慢慢说。这令我更加惶恐起来。要说到正题时，王兴国的妈妈突然站起身说有事要走，神情中透出紧张和局促，表哥迟疑了一下说了句："也好，你走吧。"表哥转过脸对我说："就让我来给你讲讲王兴国吧。"

那位香港表哥向我解释说，他也是前些天回美国才得知这些情况的。接着他给我讲述了在美国发生的事情："王兴国在语言学校结业，成绩很好。现在他的英语比我还规范呢。因为他没有相应的学历，不能上大学，还需补学很多课程。所以他说回国补完这些课，两年后再来上大学。但他妈妈不同意，怕他自己买票回国，嘱咐我母亲不要将护照交给他。学习结束后有一段时间王兴国每天都在外面打工。觉得钱已够买东西和机票了，就计划回程的日期，但他没有想到拿不回护照了。他每天跟我母亲要，我母亲不给他，他就买了酒在家里喝得半醉半醒故意闹给她看。我母亲一再与他妈妈联系，可他妈妈说，小孩子闹一闹就过去了，坚决不能给他护照。被王兴国闹的不行，我母亲没办法，就要求我回美国去劝劝他并商量个办法。我到美国后才知道了她们两个老人家的所作所为，非常气愤。王兴国的英语课程已经完成，完全可以回国根据自己的兴趣补习相应的科目，以后条件够了再来上大学嘛。为什么一定要在这里耗着？对一个成年人用这种压制手段根本就是侵犯人权。不管他妈妈有什么意见，我逼母亲拿出护照，并且告诉她，这次我带他出去玩玩，然后带他一起回去，正好是同路。我直接去买了机票交到王兴国手中。王兴国高兴得像疯了似的，激动得泪流不止。真不知道怎么形容他那股开心劲。他天天拉着我上街去采购，他说大陆商店里没什么东西，他看什么都想买给你，真的给你挑了很多很多各种各样的东西，我提醒他超重了，他说没关系他要办托运。他那兴高采烈的样子真像一个天真的小孩子。我带他游玩和参观了几个著名的风景区和博物馆，他每天都翻日历，我嘲笑他归心似箭，想你想疯了，他一点都不反驳，只是傻傻地笑。到了走的那一天，我们大箱小箱带了一大堆，我母亲送我们去机场，在机场打包好后，准备办理托运的时候，王兴国突然发现自己的护照不见了，我们翻遍了所有的包、箱和口袋，都没有找到，王兴国呆住了。我毫不客气地把我母亲的全身上下搜了个遍，确实也没有。王兴国真急了，他疯狂地在大厅里窜来窜去，翻找垃圾桶，找警察报案，在所有经过的地方寻找，我也跟他一样焦急，但是都没有找到。最后我只得一个人登上了飞机。回到香港后我收到王兴国的一封信，他说：'我仔细想了，我的机票与护照夹在一起，机票还好好地放在里面可护照没了，其他东西一样不少，这说明没有别的可能性，肯定又是我妈的策划，姨妈成功了。我真的气疯了。不知我妈想要把我整治成什么样才满意，我不能选择自己喜欢的人，我不能按照自己的计划行动，我不能安排自己的人生，我不能走自己的道路。我是一个男子汉，但我没有一点自由，我被她控制得死死的。她为所欲为，完全不顾及我的感受，为了达到目的，她什么手段都用得出来。我现在恨死她了，我要让她也尝尝什么是痛苦……'收到这封信后我急忙打电话问母亲怎么回事，她开始也不肯承认，但后来看王兴国每日喝得醉醺醺，经常醉倒在路上不省人事，她知道事态严重了，又要找我商量，才告诉我：'你给他买了机票后我必须告诉他妈妈，可是她说绝不让他回来，就给我出了个主意，在上飞机那天，你们在机场打包行李时，我悄悄把王兴国的护照藏在了鞋子里，你没有搜到……'我也被气疯了，怎么能做出这种事，不知道用什么语言谴责她们才好。我给王兴国写了长长的一封信，劝他再忍耐一下，我一定让他妈妈准许他回去。我与他妈妈通了好多信，但她很固执。王兴国打工挣了钱就去喝酒，没钱了又去打工。每天就这样过日子。到这个程度他妈妈还不同意他回国，她说：'我倒要看看他能闹到什么程度。'我母亲实在看不下去了，把护照拿出来交给兴国，他一把将护照夺过去撕得粉碎，说永远不回去了。他一直喝到被送进医院……我母亲请社会福利机构帮助他戒酒，但他不配合，继续这种生活。我为这事又回了趟美国，不管怎么劝说已经无济于事了……"

我听到这儿，一下蹦起来，环顾周围，嚷嚷着："他妈妈呢？他妈妈哪里去了？我要问问她，亲手把自己的孩子害成这样，她满意了吗？"

我跑起来找她，表哥追上我，拉住说："别找了，她不知到哪去了，我的话还没说完呢。"

我喘着气又坐了下来，他说："王兴国现在身体很不好，我们打算让他回国，但他说什么也不回……"

"我知道了，我来写信，他一定会回来的，我现在就写，请你带回去。"

我跑去附近的商店，买了纸笔回来，就趴在公园的椅子上写起来，一口气写了十几页纸，交给了表哥。当我请他一定要将以后的情况及时告诉我时，眼泪哗哗地流了下来，已经泣不成声。

表哥办事很认真，回去后不久就来信了。我托他带去的那封信，我自认为很有信心的那封信，结果却适得其反。

表哥在信中说："他看了你的信嚎啕大哭，我们都被他那样子吓住了，很可怜的。他哭过一阵以后，安静下来，缓缓地对我说：'是我一定要她等我的，是在机场，我让她一定要等我回来的。她好乖，她真的一直在等我。你知道她周围有好多人喜欢她吗？可是她好傻，一直等着我，我对不起她，我害了她。我让她等的是一个英姿飒爽的王兴国，一个顶天立地的王兴国，一个配得上她的王兴国，不是连自己命运都掌握不了的王兴国，不是浑身是病的王兴国，不是醉生梦死的王兴国。我配不上她了，我不能回去，我要看她过上幸福生活我才回去。只要她等我一天，我就一天不回去……'他把你的信给我看了，我也流泪了。虽然我和你只接触了几个小时，但是我已经知道王兴国为什么那么爱你了。是王兴国对不起你，他太年轻太脆弱，太经不起挫折了。但是他现在已经这样一蹶不振，我们必须保护他，给他治疗，让他慢慢恢复。我们请你不要再等他，为了他，也为了你。"

我心急如焚地拿起笔，飞快地又写了一封信。

我说："只要他回来，等不等他无所谓，我现在就答应不等他了。让他赶快回来吧！"

我知道只要他回来，我一定能让他回心转意，一定能让他的身体恢复原状。可是王兴国虽然消极，脑子并不慢，他说一定要看到我生活幸福了，他才相信。

表哥在信中说："到此结束吧，不能再拖延了，他的身体经不起折腾了，你要是继续等他，他会难过死掉的……"

这时，我知道说什么也没用了。

为着这个人，为着这段感情，就要这样斩钉截铁地落幕了。我带着痛彻心扉的不甘，真的答应他们了：我不等他了。在我刚刚感受到他那无法抗拒的爱和真真切切的情，就这样落幕了。他们从此不会与我有任何联系了……

我回首走过的每一步，都像一道道波浪在胸中翻滚，他说过的每一句话都凝固在我心上，精彩的时光再也回不去，甜蜜的相守再也等不到。他炽热的爱、刻骨的情和那张圆圆的笑脸，机灵而有侠气的眼睛，再也不属于我了。

　　然而有多少牵挂多少思念多少情意是落幕之后也挥之不去的。我打听到了王兴国家的地址，只要有一点点时间我就会去那边转一转看一看。我一直这样寻寻觅觅，寻寻觅觅，用了两年的时间。他始终没有回来。

　　经过了少数大学试点后，1973～1976年全国高校开始大规模招收推荐制"工农兵学员"。所谓"工农兵学员"就是从有实践经验的工人、农民、战士中选择学生，到学校学习几年后又回到生产实践中去。

　　我和小雯经过几轮的选拔，又是同时获得推荐，但在厂里确定名单时，厂长把我找去说：

　　"你们姐妹两个人都在公布名单上，本来应该让你们都去，但是考虑名额很少，让给别人一个机会好不好？"

　　没等我回答，厂长又接着问我："你们姐妹俩就去一个吧，你们商量一下，看谁去？"

　　既然厂长这么说了，我也没有什么可犹豫的：

　　"如果只能去一个，就让辜雯去吧，不用商量了。"

　　就这样，小雯上了大学，我继续当我的工人。小雯分配在省里最好的一所大学，专业是自动化。班长也同时被推荐，进入了本市的一所大学，是内燃机专业。他们的生活从此翻开了新的篇章。

　　小雯进入大学后如鱼得水，没过多久就崭露头角，除了她的学习成绩一直遥遥领先、她的唱歌名声大噪外，琴棋书画体育样样出彩。她又显现出了那种热情活泼开朗的性格，活跃在全校乃至全市、全省的各种比赛、展览、汇演中。在学校里一直都是那样光芒四射，走到哪里都是人群的焦点。

最富戏剧性的是一次爸爸在参加全国高校负责人会议的时候，休息时与身边的一位校长闲谈，说到现在工农兵学员的文化程度参差不齐，有些基本是文盲，也有知识智力双高的精尖人才，真有天壤之别。那位校长饶有兴趣地夸耀起自己的学校里一个名叫辜雯的女学生，不但品学兼优，而且多才多艺，在各方面都很出色。还绘声绘色地描述在京剧沙家浜中辜雯一人饰演三角的精彩场面……爸爸按捺着内心涌动的喜悦，小耍了一回酷，他没有吭声，待那人津津有味地叙述完后，爸爸骄傲地说了一句："那是我的女儿。"那位校长惊讶又羡慕的表情让爸爸着实地开心了一把。回来以后，爸爸每每说到这个巧遇，仍然是一份抑制不住的得意和喜悦。小雯终于没有辜负爸爸妈妈的期望，给了他们这样一个大大的回报和欣慰。

一次在和小雯的闲聊中，偶然说起我们车间有一道工序总是耽误进度，流水作业线的工件全卡在它那里。小雯追问是哪道工序，我告诉她："是电焊，因为只能人工操作，速度不可能提高。没有办法。"这个话题一下触及小雯的求知好学的神经，她来了兴趣，不由分说拉着我就去了车间。在电焊棚里与师傅聊了一会儿，探讨了可能改进的途径。我们全神贯注地观察了师傅的操作，询问了技术要点和质量标准，小雯还戴上师傅的防护帽学着"点焊"、"堆焊"。

回来后小雯分析说，想提高效率靠人工操作是不可能的了，但是这道焊接使用机器替代好像没什么问题。这以后的周末小雯就什么也不干了，不是在琢磨这个自动化如何实现，就是在电焊棚里与师傅探讨请教。最后她完全肯定地说，可以实现自动化焊接。于是她全身心投入到设计中去了，整晚都可以不睡觉，仅设计机械手的动作轨迹就不知她花了多少个夜晚。小雯的想法不断翻新，谁都跟不上她的思路。无数的方案设想着、讨论着、推翻着、修改着。功夫不负有心人，渐渐有了眉目，合理性、可行性呈现了，整体设计也出来了，她把她的这个设计称作"自动堆焊机"。下一步就是试验了，我和小雯去找了车间主任，希望能够支持我们加工这台"自动堆焊机"。车间主任请来我们厂技术室的工程师，听了小雯的讲解后大加赞赏，完全同意试制。车间真的批准了。我和小雯把所有零部件的图纸绘制出来，交给了车间加工。"自动堆焊机"成型了，经过几轮的试验，修改了一些技术参数，最终一台高效率高质量的"自动堆焊机"问世了。几个车间的电焊工们都好奇地过来试着操作机器，检验着焊接质量，一个个都惊喜地欣赏着这个操作简便、安全快速的"自动堆焊机"。它真的解决了我们车间多年来的难题。小雯也获得了我们厂颁发的一面锦旗。

每到节假日，家在本地的工友都回家去了，只有我们几个无处可去的同事，常常在一起活动，有时候在煤油炉上做点饭菜快乐聚餐。

有一个周末，刘沪生来到我们厂，又要与我对弈。他是我手下败将，却总是心有不甘。我一手背在身后，一手做捋胡须状，笑道："汝屡战屡败，屡败屡战，有何面目再来挑战？"

他也弯腰作揖："今日无论输赢，皆由小徒作东，宴请师傅，何如？"

"这便是了，于我何乐而不为呢？"

于是我们俩正襟危坐棋盘两侧，排兵布阵鏖战于方寸之中。中午时分班长提了活鳝鱼过来，又要显摆他那红烧鳝鱼的手艺了。他也认识刘沪生，并且常常称他为"大块头"，这是因为有一次我偶然议论刘沪生的肩膀太宽，有点不匀称，班长便抓住这一点给他起了个外号"大块头"，我对班长的用意嗤之以鼻，可他不在乎，越发喊得起劲。

他看见刘沪生，忙问我："'大块头'是不是一起吃饭？"

我告诉他："你都送货上门了，他当然却之不恭啦。"

他立刻紧张起来，把那鳝鱼剔骨切丝，配料也是花样造型，样样做得极其讲究。我看他像上考场一样严肃认真，觉得特别好笑，忽然灵机一动，将他放在手边的酱油悄悄换成了醋，结果端上桌的菜都是偏酸的。刘沪生也不误时机地调侃道："你是不是特别爱吃醋啊？"我在楼道里捂着嘴笑得喘不过气来。

班长虽然上了大学，每到周末还是会回厂来找我们玩。常常会一起聊天、散步、打球。更多的时间他会把大学的课本带回来，讲讲他们学了什么。

他说："我知道你一直有大学梦，可你把大学名额让了，你想不想跟我一起学？没有大学文凭，但是大学知识可以有啊。"

班长接着说："你在'文革'前的基础知识打得扎实，又有我这个尽心尽责的'老师'，应该不费力气。"

我信了班长的话，真的跟着他们的课开始学习起来。还有小雯这个顶呱呱的辅导老师加入，在他们上大学期间，我也勉强学成个二手大学生。

远在贵州的爸妈一直在建设着那所大山上的学校。新校址的教室、宿舍、图书馆、实验室、工厂等建筑基本完成时，中央颁布了各大院校招收"工农兵学员"指示。

学校开始启动"恢复招生"的系统工程，爸爸主持这项工作。恢复招生不但要进行教学计划的制订、教材的编写和课程设置的研究，而且教室、实验室、图书馆内部的设计与施工同时开始。因为学校多年没有招生，新入学的是工农兵学员，文化程度参差不齐，教学难度很大，为此要编写专门的基础课程教学大纲。爸爸统筹安排着"恢复和重建"工作，循序渐进，逐一完善，整个教学系统的运行终于可以进入正常轨道。

爸爸做完这项工作后，才答应了我们一再的请求，下决心离开学校解甲归田了。但是校党委说没有教育部的任免，学校是办不了的。因为爸爸确诊患上了当地的"地方性心肌病"，党委同意他们到外地治病，时间可以长一些。不管怎么说，总算可以脱离那个地方来到我们身边了，终于等到了团聚的这一天。

我在厂里招待所借了一间房。招待所是一个三层小楼，一条半开放的长走廊在北面，南面是一间间相同的客房，客房大约有20平方米，我借的房间在三层走廊的顶头一间，所以炉灶就放在楼道末端，既方便做饭，又不妨碍大家走路，爸妈都很满意。就这样，在时隔多年以后，我和小雯与爸爸妈妈又在一起度过了一段幸福无比的时光。他们不仅精神愉快，由于我们饮食安排的妥帖，他们的身体也慢慢恢复起来。

我们的同事、同学、朋友常来玩，家里很热闹。没过多久我和小雯就发现，爸妈成了同事、同学们关注的中心，来的人不是围着爸爸，就是围着妈妈，我们俩就只剩端茶倒水的份了。

妈妈学的专业是哲学，新中国的哲学课里加了一个马克思主义理论课，她也开过这门课。宁生和沪生知道了就喜欢跟妈妈谈时事，妈妈深入浅出地讲解，他们听得津津有味。

爸爸虽然学的是建筑，但他对天文地理、历史文学样样都有涉猎。所以班长和几个同事，专门喜欢围着爸爸东问西问，爸爸有问必答，引经据典，大家兴趣盎然地追问着、探讨着。房间虽小，却似海阔天空。

后来，爸妈学问大、故事多的传闻被厂长听到。他们厂领导商量后想请爸妈在夜校讲讲课。爸妈倒是很愿意为厂里的文化生活尽一点力。厂长来我家拜访爸妈。

他十分恭敬地说："很多人都想来听二老讲故事，但是因为不太熟悉，不好意思来你家，所以就提议请你们来夜校讲讲课。"他征求爸妈意见，可以讲些什么课。

爸妈客气地说："随你们的意思，想听什么就讲什么，都可以的。"这倒把厂长愣在那里。

小雯搭腔道："只要大家提出来的，他们没有讲不了的。"

厂长含着崇拜的眼神连连点头说："那好，那好，什么都能讲，真了不起。"

夜校一开学就盛况空前，男女老少都去听，爸妈什么都讲，大多数讲的是历史事件、战争故事和文学欣赏等一些通俗易懂的知识。他们俩的讲课，旁征博引，诙谐幽默，深得大家喜爱，厂长书记也从不缺席。爸妈因为是驾轻就熟，并不感觉劳累，反而因为他们做着自己喜欢的事情，热情高涨。爸爸似乎变得年轻了，每日里妙语连珠。妈妈脸上的皱纹不知不觉减少了，重现了昔日的美丽与开朗。

更多的时间是我们四个人围坐在一起闲聊。像好朋友一样想到哪谈到哪。那个时光像清澈的溪水顺畅地流淌在暖暖的阳光下，十分享受和安逸。我们也谈到了王兴国。

爸爸说："他妈妈把养育孩子当作恩赐就是大错特错，那只是她的义务，是法定义务，她没有权利剥夺一个成年人的自由，还用了那么残酷的手段，实在是太无知、太可恶。"

妈妈叹了口气说："大概王兴国从小在顺境中长大，遇到坎坷又没有人及时地疏导排解，心理压力过大就出问题了。真是一个可怜的孩子。也不知道他现在身体怎么样了？是不是还不肯回来啊？"

看我低头不语，爸爸又问我：

"你应该知道他已经承受不起压力了吧？你要是硬去违拗他的意思，那可是雪上加霜啊，那会害了他。"

妈妈关切地跟着说："他应该赶快配合治疗才行，还这么年轻，身体不能就这样拖垮了。"

爸爸稍有责怪的口气说："可他一直不回来是因为你啊，你怎么不着急呢？"

听爸爸这样说，我的眼泪一下涌了出来，满肚子的委屈。妈妈赶忙走过来抚摸着我的头。

她嗔怪爸爸："小予怎么可能不着急呢？你这不是冤枉她吗？"

然后缓缓地开导说："我们是觉得你该放下了，别再执拗了，我们更疼惜那个孩子，不知道会不会影响他这一辈子呢。"

小雯把话锋一转说："这不是还有好几个人嘛，你随便挑一个呗！"

妈妈拍了小雯一下说："你怎么像是卖菜啊？"

小雯扑哧笑了出来："我揭发，姐姐原来就是喜欢班长，被王兴国抢去了。"

爸爸马上接过去说："上次听班长说过，我可能与他爸爸在抗战时期还是重庆大学校友呢，我让他回去细问问。"

妈妈说："有这么巧的事？"

然后妈妈又略带启发地说："我倒是挺喜欢班长的，脾气随和，好学上进，对你的感情始终不渝，尤其心胸也蛮大的，帮助你一起去寻找王兴国，这很不容易的。"

小雯抢着说："我觉得刘沪生更有男子汉气概……"

我打断小雯："行了，行了，你还真当是挑商品啊？"

妈妈打趣道："小雯你真笨，我就能看出她爱听什么。"

小雯捂着嘴偷笑。

小雯和班长同时毕业了，小雯留校当教师，也算是子承父业了，爸妈当然是满心欢喜。班长没有接受留校的安排，而是回了工厂，在我们厂的技术室当了个技术员。同事们都知道他的心思，戏夸他"赤胆忠心"。这回我爸妈来了，班长像长在我们家一样，几乎天天夹着几本书来向爸妈请教。有趣的是他又不时地提几条活鳝鱼来显摆他的手艺，爸妈知道那个醋烧鳝鱼的典故，每次看到此场景就会暗自发笑。

有一天，我正在包饺子，班长又来找爸爸问问题。他刚刚打开书，爸爸就把书合上了，笑着对他说：

"你总拿这些题目来跟我一起消磨时光，不觉得浪费时间吗？"爸爸拍拍他的肩膀又凑过去神秘兮兮地说："追女孩子不能这样扭扭捏捏的，一定要勇往直前啊，这可是我的经验之谈哦。"说着大笑。

我觉得爸爸的话太过分了，狠狠地瞪了他一眼，爸爸立刻指着我对班长说："你快看看她那个眼神吧！"接着又学着上海话补了一句："老吓人的！"

看见爸爸整我，班长仰在椅背上笑得十分开心，我连他一块瞪了，班长赶忙开口说："我觉得她的眼神很温柔啊！"这回是我笑得直不起腰来。

之后，班长便常常和我们家人一起外出游玩，帮着我和妈妈买菜做饭，往来自如，进出随意。他的家常随和更得到我们一家人的喜爱。

我们厂新建成一栋家属住宅楼，纷纷扰扰的分房程序完成后，分到房子的人，拖家带口兴高采烈地搬新居了。多少年才盖了一栋楼，几乎都是一家老少三代人才有资格申请。因为觉得分房这事与我无关，所以并没有关注这事。

有一天，厂长来到我家，对我爸妈说："新楼里最好的一套房子给你们二老留下了。请你们搬进去住，一直住到你们离开我厂，住多长时间都没问题。"爸妈被惊住了。

他们婉言谢绝道："我们临时住在这里，已经给你们添麻烦了，我们住得很不错，不用换了，谢谢你们的一片心意。"

但是厂长非常诚恳地说："这套房子分给谁，都有人有意见，只有给你们，全体都同意。这是真的，你们有这样的威信，很了不起啊，不然我们也不敢冒风险的。"

爸妈还是不肯接受，一再表示感谢。

厂长笑着说："我们分房委员会已经决定了，你们搬家的事情也已经安排好了，都不用你们操心，放心去住吧。"就这样不由分说地放下钥匙便走了。

于是，我们和爸爸妈妈在意外的惊喜中搬进了新居。一套两室一厅的新房子。很多年没有看见爸妈这种兴高采烈的样子，一下子好像回到了我们小时候的家。我们在几间房里转来转去，享受着阳光灿烂，窗明几净的宽敞空间，兴奋着已经生疏的独立厨房和卫生间带来的洁净与便利。

我们很快就把新房子布置妥当。虽然基本用具不缺少，但总有种空荡荡的感觉，不禁想起舍弃在北京家中的那些心爱之物，丝丝缕缕的怀念和惋惜在心中挥之不去。

没想到的是班长竟然在几天后，送来了一个棕绷的双人床和一个精致的竹躺椅。一家人欣喜万分。

我问他："哪里来的？"

他得意地说："别忘了我是舒城县的农民哦，这是我们的特产。"

"那么远你是怎么运过来的？"我急着问。他没有直接回答我。

他弯起手臂握着拳说："当过三年农民的体质，这个不在话下。"我担心地再三问他，他始终没有说。

刚进门时就感觉他走路有点瘸，现在看看他的脸已经变成了红黑色。在那种偏僻的地方根本没有运输工具，这么大的家具从那么远的地方运来，他一个人几乎是不可能的，不知道他费了多少周折千辛万苦才拉到巢州。一阵心疼和感动涌上心来，我把头抵在他的肩上任眼泪流了下来。

他拍拍我说："你是不是觉得房间里少点什么？没有原来的家舒服？"

我抬头问他："你怎么知道的？"

"我猜到的，对吧？"他看着我笑了。我真佩服班长的善解人意。

我们把床椅擦洗干净，还没等完全铺整好，爸爸就在床上躺下。他左边一下右边一下，翻过来调过去，开心地不断念叨着："不软不硬，太舒服了，太舒服了！"可爱得像个孩子。妈妈靠在躺椅上舒展着身体，闭上眼睛，久久沉浸在自己的感受里。我看着爸爸的满足妈妈的幸福，心中又高兴又酸楚。转头看看班长，他的眼圈也红了。

春节后，班长从上海回来，带来一套精美的西餐餐具，说是他家里的收藏。有镶着金边蓝色花纹的细瓷套碟、汤碗，咖啡杯盘以及刀叉等一应俱全。爸妈欣赏着、赞美着、爱不释手。为着这套餐具，爸妈居然动了在家请客吃饭的念头。

小雯嚷嚷着要吃西餐。妈妈能做一手正宗的西餐，可惜现在食材匮乏，巧妇难为无米之炊。小雯问妈妈："好多年没吃了。什么时候再露一手啊？"妈妈饶有兴致地说："等我备好了材料再公布时间。"班长嘟囔了一句："没有蜡烛台就没有气氛，现在可搞不到这种东西。"小雯想了一下说："太容易了。"神秘兮兮地笑着走了。没过多久小雯拿着几个闪闪发亮的金属蜡烛台回来了。大家惊讶地问她哪里来的？她不无得意地说："在车间地下捡了几个边角料，我自己上车床车出来的。"爸妈两人抢着看，左端详右端详，大赞小雯了不起，能够把金属加工成任意形状，他们自愧不如，一再感叹："青出于蓝而胜于蓝啊！"其实车工车出这种小玩意不算什么了不起，只不过爸妈是外行罢了。

小雯真正了不起是"文革"结束后，她在德国攻读完博士后，出任一家德国公司的中国总代理时，促成德国公司与我们厂的合作，使得我们厂在同类行业中先一步走上改革开放之路。

自从搬进了大房子，来的客人更多了。朋友们经常相约来我家聚会。在宽敞悠然的环境里，他们无拘无束，欢愉而惬意。有道是'主雅客来勤'，没想到一群新的客人从天而降。

有一天，爸妈在商店里看上了一个樟木箱，妈妈正在交款的时候，旁边走过来一个中年妇女说："我先看上的，现在就来交款。"

服务员说："人家先交的钱啊，下次来货你再买吧。"

爸爸走过去，突然被那个女士身旁的一位先生拉住。

他大声喊着："辜先生石先生（"文革"前的学生都是这样称呼我父母的）你们好！你们好啊！"又是鞠躬又是握手。

爸妈礼貌地回礼却面带疑惑。

那人自报姓名后问道："还认识我吗？你们的第一届学生。1953年，那年放了暑假，辜先生听说我没钱回家，当时就掏出钱给我说'赶紧去买票，父母想你呢'。辜先生还有印象吗？我可忘不了。"

爸妈哪里还记得二十多年前的这事，便含糊其词地笑道："这么多年没见啦，太巧了，太巧了！"

　　各自聊了一下近况后，那位黄先生说："请把你们的地址给我好吗？我一定要去看望你们。"

　　没想到还不到周日，这位黄先生带着五六个人来到我们家。原来全是爸妈的学生，有的在本市，有的还是从外地赶来的。他们自报入学年级和姓名，大多数都是五十年代的学生。

　　然后，这个说："那年除夕夜，我们几个同学被辜先生邀请到家里去吃的年夜饭。"

　　那个说："当时我家里遇到困难，多次得到石先生的接济，至今难忘。"

　　有个学生居然说出："我还记得你们家一个独创的做法：饺子皮是先擀出一大张薄饼来，然后再用杯子口扣出一个个饺子皮。"

　　爸妈听到这里兴奋地频频点头笑道："这是真的，这是真的！"似乎其他的事都没有了印象。

　　还有个学生讲了一个当年的故事："我大学一年级期末考试三门课不及格，补考两次都没有过关，按规定就要办理退学了。辜先生在教务处看到处理意见后，专门找我了解情况。我家在农村，祖辈从来没有出过大学生，全家人的期望都在我身上。可是自己不争气，成绩不好也没有办法。辜先生觉得我的学习机会来之不易。就说要亲自给我补课，问我愿意不愿意再努力一次？因为辜先生并不教我的课，也不认识我。我听到这个建议后激动不已，我知道辜先生是学养深厚的好老师，更没想到辜先生把三门课都一人包揽了，那段时间辜先生把所有的业余时间全花在我身上……"说着说着，他哽咽起来。

别的同学替他说了结果："好老师就是不一样，果然补考成绩不错，他继续上学，最后完成了大学学业。完美无憾！"

爸妈就像在听别人的故事一样听得津津有味。

黄先生长叹一声念道："云山苍苍，江水泱泱，先生之风，山高水长。"

他们一起怀念起那个年代。他们说那个年代还能感受到传统文化的传承，看到先生们的修养品德，教育出的学生人格与学识兼备。而如今，放眼望去，华夏文明的背影已经渐行渐远了。

黄先生和另外两三个同学成了我们家里的常客。爸妈和他们常常一杯清茶，秉烛夜谈，他们谈教育谈时事，评论历史评价人物……这间屋子里满满的真诚与信赖，伴着窗外朗朗的月光星辉，让他们感觉是人生的享受又是极难得的心灵契合。

他们现在都在大学教书，话题自然常落在当前大学的教育问题上。泱泱大国停办大学多年，令他们唏嘘不已，也为青少年缺少受教育的机会而忧心忡忡。

爸爸忧虑地说："这个机械厂也有上千工人，只有一个夜校教点中学文化课，对于企业的技术革新、生产管理没有多大作用。"

黄先生说："企业办大学也是最高指示啊，辜先生有意帮助这个厂办个七二一大学吗?"

爸爸耸耸肩膀说："我现在客居此地，孤家寡人，心有余而力不足啊。"

黄先生立刻说道："如果辜先生有这个想法，我们鼎力相助!"

另一个学生紧接着说："教师和教材我们包了，辜先生负责管理，那可是一流大学的配置啊!"

大家开怀大笑，热烈响应。见爸爸有点迟疑，黄先生爽快地说:

"工厂只需准备教室桌椅，我们分文不取，还有什么问题呢?"

爸爸觉得这样不太合适。

黄先生真诚地说："我们纯尽义务，算是回报辜先生和石先生的培育之恩。"

其他学生也恳切地说："我们只要根据你的教学大纲把教材和讲稿修改一下，没有什么问题的!"

爸爸深受感动，认真评估了这事，与我商量是不是可行? 我当然支持了，便跑去找了厂长。厂长更是喜出望外，有点不敢相信，一再重复地问："真的能办一所大学吗? 有这样的好事吗？……”他与书记多次来跟爸爸商量所有事宜后，便开始启动了筹备工作。爸爸做了深入调查研究，有的放矢，编制了教育计划、教学大纲，课程设置，教学管理系统等，一切按正规学校办学，我们厂的七二一大学终于开学。

爸爸请的老师都是副教授以上的资历，完全按着教育计划进行授课，很快进入了教学的正常轨道。小雯和班长两个学霸也自告奋勇承担"助教"职责，答疑解难，为我们的大学再添一把力。后来爸爸应招回贵州后，我们厂的大学依然按部就班完成了整个教学计划。三年时间为厂里培养了一届优秀的毕业生。此后全国恢复了高考制度，七二一大学全部停办了。

由于全国各地的七二一大学如雨后春笋般盛行，毕业生质量相差太大，良莠不齐。所以"文革"结束后曾经对七二一大学毕业生进行过全国统一考试。统考中，我们厂的所有毕业生全部达标并且成绩优秀，在全省名列前茅，成为我们厂的骄傲。

就在爸妈为我们厂倾力办学之时，传来了"四人帮"倒台的消息。它就像一道闪电撕开了人们心中深重的阴霾。十年浩劫终于结束了。据说全国各地的酒都脱销了，想象得出是怎样壮观的景象，亿万人民同时举杯，或狂欢，或祭奠，为活着的人，也为死去的人。那份发自内心的振奋和激动伴随着每一个人，被压迫已久的人格，得以释放开来。久违了的昂头挺胸、舒畅开朗的感觉回到我们的心中。

不久爸爸也接到教育部的任命，要回他的学校去当他的校长了。

我们计划去趟李小郢的愿望一直没有忘记。在一个阳光和煦，微风习习的日子，我们陪着爸妈来到了李小郢。此时正值初冬，环绕在郢子四周的大树，已经泛黄的叶片中仍然点缀着些许绿色，清澈的河水缓缓东流。远远看去，我们原来住的仓库在遭受水灾后坍塌，现在已经无影无踪了。当我们走下大堤，郢子里的人早已等在那里。他们热情地像迎接亲人一样，前呼后拥地把我们引进了二叔家。他们把二叔儿子的新房腾了出来让给爸妈住，屋里屋外收拾得干干净净，整整齐齐。大家围着我们问长问短，我们也把送给他们的礼物一一分给大家。热闹喜庆的氛围一直萦绕在我们身边。爸妈参观了我们信中所描述过的每一个地方，认识了我信中所谈到过的每一个人。甚至专门过去看了那两头与我们朝夕相处的大水牛。爸妈的亲切和蔼很快和大家打成一片。家家都要请爸妈吃饭，每晚都是像联欢会一样热闹。最没有想到的是，就是在这里，我和小雯第一次听到了爸爸唱歌，他唱了一首《在那遥远的地方》，竟然水平很高，特别好听。我们俩太惊奇了，怎么以前从来没听爸爸唱过歌呢？

妈妈说："别说是你们，我都忘记他会唱歌了。"

我恍然大悟道："原来小雯唱歌的天赋是源于爸爸啊，我还以为小雯是捡来的呢。"

一屋子人哄堂大笑。小雯立刻要跟爸爸合唱一首歌，爸爸欣然答应。他们男女声二重唱苏联歌曲《山楂树》，听那悠扬的旋律，委婉的歌声，回荡在草屋内，飘向了小河边田野上。

在各家做客的时候，爸爸在人家房间里东看看西瞧瞧，房前屋后转了转，很快发现他们的房子有点问题，厨房的烟都灌进了厢房，墙体在下大雨时很容易坍塌，房顶的坡度影响房子的寿命……晚上爸爸就画了几张图，拿给启中、启堂看，建议他们在修建房子的时候，改动一下窗户的位置，加一道排水沟……把图纸仔细地讲给他们听。

启中他们听明白了，半信半疑地问："这么简单？不费什么事，就能解决这些问题？"

我自豪地跟启中说："你要是不信就打个赌。"

启中一个劲摇手往后直退。

妈妈笑说："启中，你不用打赌，你只要跟小予爸爸签个合同，让他负责到底就行了。"

妈妈对着爸爸说："你年轻的时候就经常犯职业病。"

爸爸得意地说："我终于又犯职业病了？太好了！不然我都忘了我的专业呢。"

启中还真的递过一张纸来，爸爸高兴地写了个保证书。

回头对妈妈说："你有什么合同也签签吧。"

妈妈笑着摇头："我可没有职业病！"

爸爸小声说："不是没病，是没生意吧？"逗得大家哈哈大笑，在我们郢子住的这几天爸妈都很开心。临别时，爸爸把自己地址名字都留给了小闹、启中、启堂……让他们写信来，无论什么事情都可以告诉他。

这段欢聚的时光让爸妈回味无穷，念念不忘。

我们回到巢州的那天下午，班长一定拉着我去书店帮他挑一本古诗词赏析的书。买好书后他建议一起散散步。我们就来到不远的湖滨公园，在湖边对面坐在两块石头上。

他什么开场白也不说，就直直地问我："咱爸妈要走了……"

我笑着打断他："呦，咱爸妈？你可真不见外啊！"

"你不觉得咱们有情人也该终成眷属了吗？"他的话令我的心脏咚咚跳起来，这是在求婚吗？

"谁跟你是有情人，你不是说我们做好同事好朋友吗？"我笑着反驳他。

班长仰头笑道："傻瓜，我要是不那样说，你还会跟我来往吗？那是我的小策略，那叫缓兵之计，曲线救国！"

"好啊，你这么奸诈！"我顺手拾起一粒小石子朝他砸去。

他若有所思地说："我也得了个教训，交女朋友啊也跟打

仗一样，要勇往直前，要格外关注周围敌情，要在战略上藐
视敌人，战术上重视敌人……"

"你喋喋不休的胡扯什么啊？"

"我吃一堑长一智嘛。"班长还没有停下来的意思。

"哎哟，你还吃什么堑啦？"

"我多等了你三年多呢！还险些失去你。教训可大着
呢！"他发自内心地感叹道。

"我可当你是好朋友呢。"我嘴上这么说，但是他的这份
感情和从来没有动摇过的执著，确实在我心中生了根。

"你别没良心啊，我一直等着你，一直在你身边转悠，
大学三年没交一个女朋友，你以为我是没人要吗？有多少人
为我倾倒呢。"

"哈，你别美了！自作多情呗。"

"你还不知道我有多抢手吧？来，我说给你听听？"

"不听，不听，谁爱听你瞎编呢！"我双手捂起耳朵。

"我毕业分配不肯留校要求回厂，你以为我那么喜欢这
个劳改厂吗？"

"你就是喜欢这个厂，不然留校也没多远嘛！"

"我可有经验了，必须坚守阵地。你周围那么多红眼
睛的人，我绝不能掉以轻心。你这个人是会用善心代替爱
心的。"

"什么善心代替爱心？"

班长忽然小声说："你是不是上夜校后，就爱上我了？"

"瞎说！"我打断他。

班长大笑着说："你别不好意思呀，好吧，我先承认，我见你第一眼就爱上你了，并且还下决心非你不娶呢。"

他又认真地说："后来你可怜了王兴国就慈悲为怀，用善心挤掉了爱心。"他的这句话倒叫我想了一想，难道他真的这么认为？

他见我语塞，得意地说："一针见血说对了吧？"

"得了吧，上夜校后，咱们俩可是竞争对手……"我还是强词夺理。

"你以为我看不出来啊？你忘了？听我给你唱歌的时候是什么感觉？当时你两只眼睛冒着火辣辣的红光，要不是我洁身自好……"

我跳起来上前一步，用双手捂住他的嘴，笑道："你胡言乱语，污蔑好人！"他拨开我的手，用嘴堵住了我的嘴，谁也说不出话来。

我终于和班长结婚了。第二年，全国恢复高考制度后，我考上了大学，班长考上了研究生。我们珍惜这来之不易的机会，开始了一段艰苦紧张的学习生活。

只要有空闲，我们也会在阳光下欣赏庭院鲜花，在晚霞中畅叙家常闲话，日子过得忙碌而温馨。

　　有一天我正在市里一条大街上走着，忽然看见马路对面一个妇人推着一个轮椅，轮椅里坐着一个年轻男子。为什么这么眼熟，他们是谁？是他吗？是他妈妈吗？突然心脏跳得好快，紧张地盯着他们。这个妇人不是比王兴国妈妈老，比他妈妈瘦小吗？那个男子不是比王兴国的头发稀少吗？比他衰弱吗？但是，像他们，就是他们。我慌乱起来，大脑有点发眩，我要仔细看看他们，我不能让他们在我面前消失，一定不能让他们发现我，远远地跟着，看见他们朝附近的公园走去。我也尾随着进去。忽然意识到，他为什么坐在轮椅上？他不能走路了？他怎么会是这样？我手掌沁出了汗，我的心狂跳起来，我越来越紧张，一直跟着他们、看着他们，忽然见他们向回转，要朝我这个方向走来，我迅速地躲到一个亭子的柱后。可是我看见了一眼他的脸，就是他，但是怎么可能，在机场，转过去的是那样一张朝气蓬勃、神采飞扬的脸，而如今，转过来的却是无精打采、衰弱消沉的一张脸。我一下子觉得双腿无力滑坐到地上，心脏紧缩成一团。那么活泼可爱的他竟然成了这个样子，我不能相信，他已坐在轮椅上了，他已经不能走路了……我喘不出气来，喉咙像是被什么卡住了，我拼命地往外咳着……突然想起我要跟着他们，我要仔细看看他们现在是怎样生活的。我赶忙站起来，向刚才的方向找过去，但是已经没了他们的踪影。我急得在公园里乱跑，到处也没有找到。于是我又沿着来路跑回去，一路跑一路找，一直来到王兴国的家，我什么也没想就冲上楼去，在他们家门上急促地敲打着，喊着王兴国的名字，没有人应答，没有人开门……我精疲力竭地回到家，就把看见的情景讲给班长听了，我们想到是王兴国回来了，但是怎么也没想到他会坐在轮椅上。我总是在不断地问，他为什么坐轮椅？他的腿怎么了？他现在的身体怎么了？……我知道班长回答不出来，但是还会不断地问。班长考虑了一会说："过两天我们一起去他家看看，如果他们在家，不管是什么情况，你一定要冷静。别惹麻烦哦。"我答应了。几天里我一直心神不定，班长也做了各种推测，给我打了不少"预防针"。然后在一个星期天的上午，我们去了王兴国的家。我怕他妈妈看见我会突然关门，所以我先躲在楼梯转弯处，让班长敲门，他妈妈开了门，奇怪地问找谁？还没等班长回答，我就冲了进去，我不管不顾地在屋里乱找，里屋也进去看了，就是没有人。看不见王兴国，我的眼泪就流了下来。

我问他妈妈："王兴国呢？他怎么啦？他为什么坐轮椅？你是等他成了这样才罢休的吗？"

班长把我拉住坐下来，然后他说："我们是想看看王兴国，不知他身体怎么样了？"

王兴国妈妈面无表情地叙述了后来的情况：

"后来我一再动员他回国，可他说，'现在才让我回去！太晚了，为了我妈高兴，我永远待在美国了！'因为酗酒，他的身体出现各种病症，胃、肝受到很大伤害，后来又查出了糖尿病，他不配合治疗，越来越严重。现在是糖尿病并发症，周围神经病变，双脚有发生'足溃疡'的先兆，发展下去是要截肢的……"

我忍无可忍地打断她："你太残酷了！你硬是把他逼成这样了，你以为生了他，就有权利限制他的自由吗？你把他害成这样怎么办？……"

王兴国妈妈一脸麻木地说："我将来一定下地狱……"

我脱口而出："下地狱也不止十八层！"

班长用力地拍了我一下，制止我的无礼。我的心阵阵发痛，气愤得不能自已。

班长问她："现在怎么样了？他在哪里？"

"在医院。用中西医结合的方法治疗呢。"

"有效吗？能治好吗？"

"不太好治，现在有一些疗效。"

"在哪个医院？"我稳住自己问她。

"不要去！不要打扰他。"

"看看也不行吗？"

"不行！"

"我可以照顾他。让他恢复得快一点。"

"你不用耽误时间，你找不到他的。他不在巢州。"

从他家回来后的几天，我就拉着班长到几个大医院去找，都没有。

班长说："这种中西医治疗，大医院小医院都可能，巢州像这种地方多着呢，安徽更多，如果在南京、上海呢？你怎么找？"让他这么一说，我也觉得很渺茫。于是就去借了好多医书回来，看看他的病是什么样的，怎么治疗，能不能治好，有什么后果，有什么能帮到他的。班长和我一起探讨这个病，探讨那些治疗方法。我们分析，目前是因为要小心保护双脚避免受伤，还要减轻脚的压力负荷，所以才坐在轮椅上。所以还没有那么严重，一定能把他治好，决不能让他坐一辈子轮椅。我心里又着急又难受，茶不思饭不想，一心一意钻研医书。班长时时提醒我注意身体，不要着急。但是我想帮助王兴国赶快站起来，怎么能不着急呢？

当我们把这个事告诉小雯的时候，小雯说了一句："他真的是等你们结婚后才回来的呢。"

我们都忽略了这个时间，被小雯点出来，忽然都不做声了，很久很久谁也没有开口说话。

王兴国真的是等到我结婚后才回来。他在病痛中煎熬着，在异域他乡拖延着，以至于病到如此地步，全都是为了我。我的心痛得好厉害。我觉得是我害了他，该下地狱的是我……那一夜一直睁眼到天亮。第二天下课回来我就开始发烧，躺在床上迷迷糊糊，总是看见王兴国的双脚没有了，腿被锯掉了，总被一个个噩梦惊醒来。一连几天我的精神萎靡。班长细心地照顾我，劝解我，也常常看见他一个人在阳台上伫立沉思。

我知道自己忽略了他的感受，也很抱歉和内疚。几天后病好了，我收起了医书。生活依然平静，但是好像笼罩了一层淡淡的雾。

有一天我把班长拉坐在身边说："我猛然间不能接受王兴国坐在轮椅上这个事实，情绪过于激愤，现在了解了情况和他的病情，我的心情已经平静很多了。"

班长攥着我的手缓缓地说："王兴国对你的这份感情真的很深……"我一下抽出手，惊愕地望着他说："你想说什么？"

他又把我的手握住说："你别急，听我说完。以前我从来没有认为他是我的对手，我一直看他是个大男孩，我猜想他到了美国那种纷繁世界，要不了几天就会变了。但是没有想到他是这么执着，这么一往情深，竟然还做出这样的牺牲，不要说你，我都被他感动了。"我低头不语。

他接着说："如果说你看见他病成这样而无动于衷，那就不是我认识的小予了，你是我见过的最善良的女孩，对师傅那种人，你尚有怜悯之心，对一个爱你如此深切的人，当然更是会难过、担忧、牵挂了。"

我抬眼看着他那张英俊恬静的脸，被他的话深深感动。他又低声说："你无可挑剔，但是我需要调整一下心态……"

我抢着问他："你为什么要调整心态？"

他仰起头看着天花板没有说话。我忽然感受到了他的委屈，他的无奈，让我非常非常心疼。

我轻轻地说："是我不好，是我太任性了，忽略了你的感受，让你有了思虑……"

"我知道是我心理有问题，你别介意。"班长安慰我。他总是这样善解人意。

"我不介意，你也不能介意，我们两个都不介意。"

"哈，你在说绕口令吗？"

他转身对着我笑说："你本事大，可以诊断心理疾病吗？"

"我不但能诊断，我还能治疗，我来给你治……"

"王兴国的病更重，你先给他治吧。"班长看着我说。

"我先把你治好，然后咱们两人一起去给他治，他真的很需要鼓励和帮助。咱们三个人是多年的好朋友，这是义不容辞的责任。"

"我是你的羁绊吧？……"班长低头迟疑地说，我瞪大眼睛不解地看着他。

他马上改口说："逗你呢，你先给我治治吧，大师！"

"你好好听我说！"我顺手从抽屉里拿出挖耳勺。

我把他的头按在我腿上说："我先清理一下你的耳朵，让你把我的话听清楚了。"

"还真有程序啊？"他美美地闭上眼睛，我在他的耳朵里轻轻地掏了几下，还没等我说话，他就"哇"了一声叹道：

"大师真了不起，未曾开口我就茅塞顿开了！"把我也逗笑了。

我说："咱们家这条小船你可是舵手，你是个经过风雨见过世面的舵手，不至于被小风一刮就歪了吧？你想想，经过所有的曲曲折折，你一直都陪在我身边，你的肩膀总能让我感受到内心深处的温暖。"我轻抚他的肩膀感叹道："我能依靠着它，是我的福祉，你知道我有多感谢上苍吗？"

他静静地听者没有答话，我笑着调侃道："这些年来你表演得最充分的就是你那了不起的胸襟……"

"哎！你用词不当吧？我有表演吗？"班长立刻打断我。

我扑哧一声笑出来："噢，你还听着呢？"

我马上用很认真的口气说道："这些年来你最感动我的就是你宽广的胸怀。"

我又加重了口气说："你就是这一条让我看上的，也是我爸爸妈妈最欣赏的，其他的都马马虎虎啦……"

听到这里班长一下坐起来。

他认真地问我："真的吗？真是这样的？"我见他一本正经的样子，忽然捧起他的脸，笑嘻嘻地轻声道：

"你再给我唱首歌我就告诉你！"他舒心地笑了，眼睛里漾起了泪光。

　　我要去帮助王兴国，我要他成为一个健康的人，一个快乐的人，一个有作为的人。我骑着自行车在他家附近转了很多次，确实看不见他的踪影。我又去找了他妈妈。

　　我告诉她："只要我能见到他，就一定能让他振作起来。你不告诉我，我也一定能找到他。"

　　看我说得斩钉截铁，他妈妈不得不对我说了实话：

　　"现在真的不是我不让你见他，我真希望你们能去鼓励他，帮助他。这是王兴国不肯，他说：'我不要她管我的事，我不要她看见我现在这个样子，我要她去过自己的生活。她在我心中比我自己的生命还重要，如果你把我的地址告诉她，我立刻死在你的面前，我说到做到。'我真的怕他会这样做。你的心意我很感谢，但是求求你不要再见他吧！"

　　王兴国的话像根根钢针扎在我心上。他给了我一颗完完整整的心，让我感受到了他倾尽所有给予我的爱，但却连一个见他一面的机会都不给我。我伤心到极点。他将怎样面对人生？他要如何生活下去？我怎么能再也不见他？我要帮助他治疗疾病，要鼓励他快快康复，我要让他重新站起来成为一个顶天立地的男子汉。再也不见他了？一切都与我无干了？我完全无能为力了？我明白我不能再见他了。我从伤心到了绝望。

　　最后，我对他妈妈说："我再也不见他！"

我写了一封信给王兴国：

"我已经答应，再也不见你。

你安安心心地治好病、平平静静地过你自己所希望的日子吧。我再也不打扰你的生活了。但是，我会用我的一生来关注你，无论你在哪里。不为别的，就只为了要证明给我自己看，当初我没有看错你，你就是一个顶天立地的男子汉。

在今后的岁月中，你不会寂寞，因为你知道有一个人一直在守望着你，为你的开心而开心，为你的忧郁而忧郁，更为你的进取而骄傲。

你的点点滴滴都收藏在我心中。你永远与爱同在。"

就这样，我再也没有去找过他，再也没有见过他。我怎么也没有想到，我和王兴国在机场的一个挥手，竟然挥出我们之间一辈子的空白。

过了不久，我意外地接到王兴国妈妈的一封信。

她在信中写道："你不仅是他的天使也是我的天使，我太感谢你了。自从看过你的信后，他真的振奋起来，不但积极配合治疗，而且让我给他买了好多书，有法语、西班牙语、俄语……他的精神也好起来了。"

我的心脏一阵狂跳，我笑着哭着一遍又一遍地读着来信。他改变了，他振奋了，他有目标了。好像一道清澈而明亮的光，突然射进我昏暗的视野中。一种由衷的叹服从我心中涌出，王兴国用他不服输的勇气找回了自己。

　　"文革"结束后，大时代的变革浪潮中，人们又开始追寻新的梦想。小雯为了更高的目标，奔赴德国留学去了。我和班长来到北京工作，和妈妈生活在一起。十年浩劫摧残了爸爸的身心，他没有等到小雯学成归来就离开了我们。人世变幻，沧海桑田。一别巢州近十载。虽然相距千里之外，我与李小郢的乡亲和巢州工厂的朋友，从未间断联系。

　　"不思量，自难忘"的王兴国，在这喧嚣的时代大潮中，有足够的力气支撑他前行吗？有足够的毅力坚守他的信念吗？究竟他的生活过得怎么样？

　　我来到了巢州，正是暮春时节，小雨霏霏，街道上散发着草木气息。故地重游让我忘却了岁月时光，走进一篇篇旧日风景。这里总有一些绚丽迷人的画面让我想起，不尽的怀念和伤感直入心底。

　　我走过了所有思念的地方，看望了所有思念的人。最后来到最热闹的商业街浏览徘徊。

　　这里早已不是曾经的小街小巷叫卖声声了。豪华楼宇目不暇接，商业广告琳琅满目。我兴奋又紧张左顾右盼着，不时地向路人打听着地址和方位。突然那块寻觅良久的牌匾映入了眼帘，我看见那上面写着"予兴翻译公司"。是了，就是这里。我仔细端详着那宽敞高大的门面，精致夺目的装修，进进出出的顾客，可以看得出这是一个生意兴隆的公司。

我知道那是他的公司。

他真的向我证明了，他就是一个顶天立地的男子汉。

一首歌从那扇门里轻轻地飘溢出来：

这个世界有那么多人，

多幸运我有个我们，

这悠长命运中的晨昏，

常让我望远方，想啊想出神。

这个世界有那么个人，

活在我飞扬的青春，

晚风中浮过，几帧旧模样，

留在梦田里，永远不散场。——————

我在门前站了很久很久，泪水长流……

我仰望天空收住眼泪，一颗心已经安宁，我知道我该离开了

绿水千里，青山万重，

我们会相见在彼此的回忆中。　我带着所有的记忆坐上了返京的列车，车厢里仍然是座无虚席，人声嘈杂。车窗外一片模糊，我仿佛又被一个玻璃罩隔绝了一切，独自徜徉在自己的世界中。　想起第一次登上火车时，不知道它将要把我们带往什么样的地方，心中那份恐惧和无助……

站台上平哥哥温情地挥手告别，却没有想到少年的他永远埋在了遥远的荒野中，化作了沙变成了草……

那日离京临别时，爸爸躺在病床上的那句"爸爸对不起你们"和他那忍不住涌出的泪水，依然让我痛彻心扉，终了一生也不会释去——

水灾后惊心动魄的冒险渡河返京，第二次坐上了火车，满怀着兴奋和激动，要给爸妈一个意外的惊喜，可是仅仅五天，又被驱赶着再次登上离京的列车原路返回，那时的车窗外一片惨淡昏暗……

仅仅两年后，火车再一次载着我来到大西南山区看望爸妈时，站台上远远看到的他们，竟然已是白发苍苍步履蹒跚。爸妈望着高山上那一栋栋自己盖起的楼房时已经无喜无忧……

往来千里路长在，聚散十年景不同。

一次次列车载着我们最真的爱最深的痛，载着我们不期而然的岁岁年年，跋涉过茫然无助的青春时代。那些人那些事永远凝固在大气中，尘封在记忆里。

窗外的风景一帧帧向后飘去，在这里，隐隐约约能看到中华大地那一段不容忘记的历史。它不该消磨于岁月，它不该淹没于人生的长河，它给我们无尽的思考，它是我们永远的记忆和警醒。

后记

闲暇时随意写了些文字，被孩子们极力鼓励编辑出版，我自知不成体统，贻笑大方。但还是动了出书的念头，权当老来给自己编织一个梦想成真的剧情，在亲友圈里搏大家一笑吧。

这本书得以出版，第一功臣当属齐晓航先生和贺静女士。他们从开始的热情鼓励，积极策划，到具体建议，认真审稿，以至字句标点的修改，无不倾注了他们大量的精力和时间。在此要向他们表达深深的感谢！还有龄、小帅和伊琳真诚切实的帮助和支持，让我更加有了兴趣和信心。在此一并表示衷心的感谢！

今年5月，初稿完成，几经修改，终于在8月送编辑审核。

在本书正式出版之际，特别向在出版过程中给予了大力帮助的王久光博士和承担本书全部编辑、审校等工作的贺静、郭强表示诚挚的谢意。对他们在出版过程中表现出的严谨的职业精神和卓越的专业技能表示敬佩！

党方

2022 年 8 月于北京